2025年、ブロックチェーン技術とAIロボットが普及した社会。
血液を取引材料にする仮想通貨【BLOOD】によって、輸血はより安全に
管理されるようになる。
血液は、新たな資源としてその価値を見出された。
【売血】時代の再来である。

１６歳、インド人と日本人のハーフ。７ヶ月前に、バリ島のインターナショナルスクールから都内の公立校に転校してきた。テクノロジーに興味があり、１２歳の頃からサイバーセキュリティの大会で何度も優勝している。

来《くる》栖《す》ハナ

文科省が全国の中高生に配布した教育用人工知能の呼称。学習効率が良く、生徒の入力したデータに合わせて成長する。

アッシュ

主要登場人物

剣《つる》来《ぎ》駿《しゅん》矢《や》

サイバー犯罪対策課第２班警部。真面目でコンピューターとの相性が良い。サイバー犯罪に対しても優れた調査能力を持ち、「マザーボードから生まれた」などと噂されている。

牧《まき》村《むら》直《なお》人《と》

サイバー犯罪対策課第２班警部補。剣来の後輩。社交的で、愛想が良い。

数年前の仮想通貨バブルに乗って、BLOOD を購入する。

剣来の仕事ぶりを尊敬している。

仮想通貨バブル、いや、仮想通貨ドリームなのだろうか。
牧村の目には、ばら色の未来が映っているようだった。
「もう俺ってマジ、冴えてる!」

「うるせぇよ。」
剣来は仏頂面を作った。
今度は、本心だった。

アッシュが自らのデータを破棄していく様子を、
黙ってみていることしかできない。
いよいよキャラクターデザインの外見までもが、
リセットされてゆく。
壊れかけながら、アッシュは、画面の向こうで笑った。

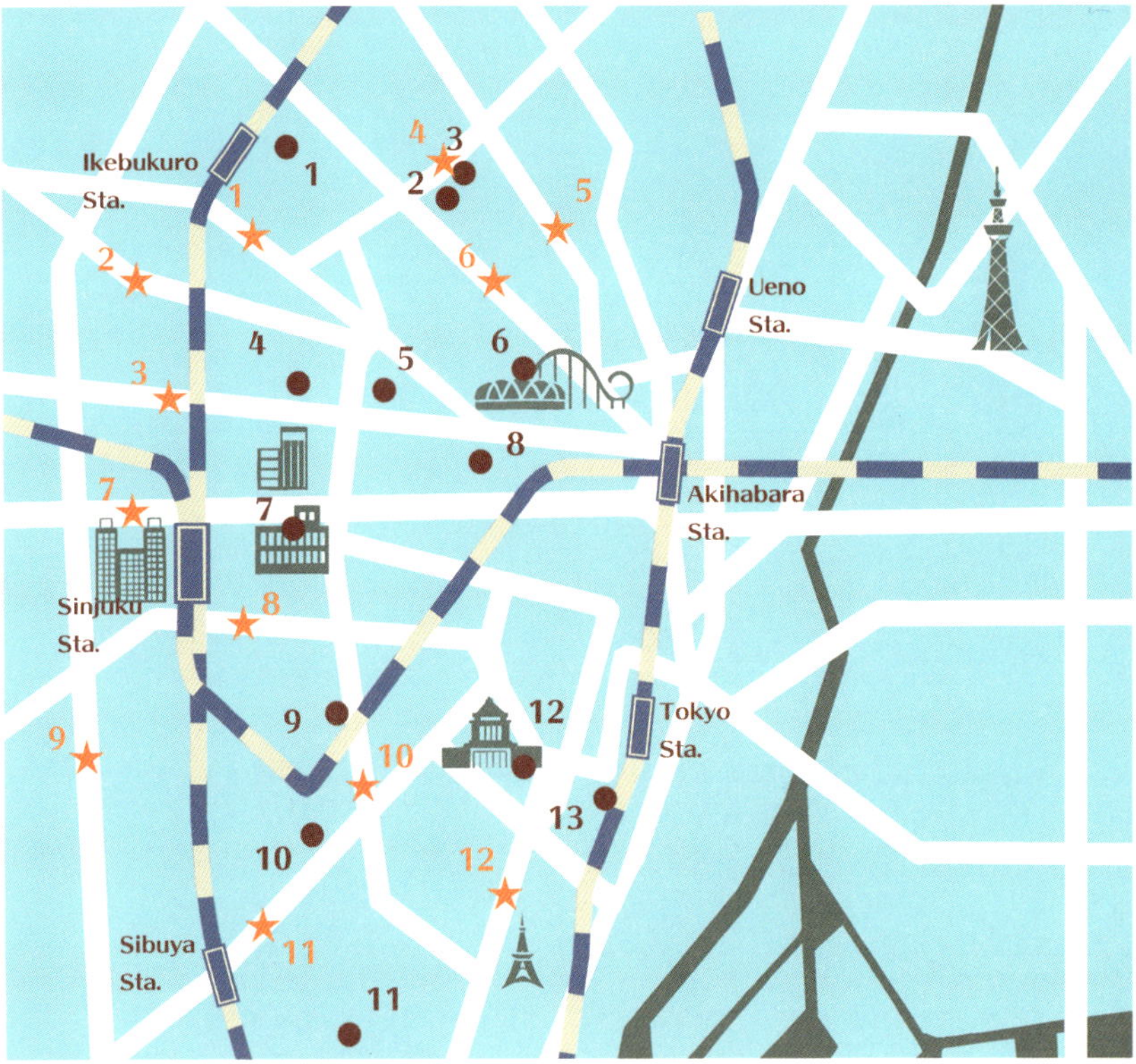

東京舞台案内図

1.イベント会場
2.ハナの学校
3.情報処理機構
4.教団
5.ハナの家
6.たい焼き屋台
7.血液センター
8.舞の病院
9.新宿区大学病院
10.血液美容クリニック
11.医療センター
12.警視庁
13.TAIN.V&C

1.目白通り
2.新目白通り
3.早稲田通り
4.不忍通り
5.本郷通り
6.春日通り
7.大久保通り
8.新宿通り
9.山手通り
10.外苑東通り
11.青山通り
12.桜田通り

目次

H

―アッシュ―

仮想通貨 BLOOD と AI になった歌姫

0、「血液」という資源

「前園さん、起きれますか？」

穏やかな声に反応して、前園彩《まえぞのあや》はゆっくりと目を開いた。

「ご気分悪くないですか？」

上品なメイクをした白衣の天使が、彩に向かって微笑んでいる。

彩は、ゆっくりと首をふった。

その動作に頷いた看護師は、すっとかがみこんだかと思うとあっという間に彩の腕に刺さっていた管を抜いた。そして、吊り下げられていた血液パックを片付け始める。


彩にはクリニックの白い天井がとても鮮やかに見えた。


目に入ってくる全ての色彩が、有機ＥＬ液晶の中の映像のように繊細だ。全身に、未だかつてないほどの活力がみなぎっている。

今すぐフルマラソンに出場しても走りきれそうなくらいだ。ある種、興奮状態なのかもしれない。

「本日の『輸血』施術は以上になります。ご支度が整いましたら、あちらのレストルームでお待ちください。」

看護師は最後まで上品な笑顔と態度を崩すことなく、使用済みの器具を持って去っていった。

『輸血』

——そう、彩の内側から今や無限とも思えるほどに湧き上がるこの元気は、まさに新しい血が入ってきたことによるものだった。

といっても、何か特別な病気や怪我があって血液を提供されたわけではない。毎年受けている人間ドッグの数値は健康そのものだ。

強いて病気

——というならば、自他ともに認める異常なほどの美容マニアであることだ。

美しくなることに彩はとてつもない興味があった。

美しくなれる、と聞けば、どんな美容方法も試してきた。

美容への研究熱が高じて、美容情報をまとめたブログを運営している。アクセス数やSNSのフォロワー数はかなりの数になっていた。

彩は、自分のブログ投稿による広告収入や女性誌等の連載で、今や生計が立てられるまでになった。彼女にとって美容は趣味であり、仕事であり、もはや人生そのものであるといっても過言ではない。

だからこそ、日本に今年導入されたばかりの最先端美容医療『血液エステ』を受けるために、ここ青山の美容クリニックにやってきたのだった。

彩は輸血を受けるために脱いでいたニットに袖を通して、レストルームに向かった。レストルームには、豪華なデザインの椅子が置かれていた。

椅子の前には、美容クリニックらしい大きな鏡があった。

彩は、椅子に座って、その鏡で自分の顔を確認した。

――朝よりも、顔色がよくなっている気がする！

だが、本当に効果が現れるのは数日後だ。

――一時期ハマっていた美容点滴に似ている気がした。ただ座っているだけで、すごく元気が溢《あふ》れてくる。

そう思いながら、ムズムズするようなパワーをもてあまして、彩が両手を握ったり広げたりしていると、クリニックのコンシェルジュが明細書をもって近づいてきた。

「お疲れさまでした、前園様。本日は税込みで46万円になります。」

1回45分の料金である。それでも、彩の中にもったいないなどという考えは微塵もなかった。むしろ、美を求めるのなら差し出して余りある対価だとさえ感じていた。

――他人にはない美しさを手に入れるためだもの。当然よね。

「お支払いはどうされますか？　当院では各種お支払いの対応をしていまして、日本円でも、Bitcoinでも、もちろん……。」

彩はコンシェルジュの声を遮ってスマホを取り出した。長々と説明されるまでもなく、支払うための通貨は決めていたのだ。

指の毛細血管をかけ巡る高揚を抑えながら、落ち着き払った動作でアプリを呼び出す。

「BLOODで。」


〜〜〜〜〜〜〜〜〜〜彩のブログ〜〜〜〜〜〜〜〜〜〜

◇◇Aya's Beauty〜美容マニアの突撃ビューティ実践ブログ〜（2024.05.19）◇◇

『遂に念願の血液エステ行ってきましたっ☆☆☆

1ヶ月前に青山のクリニックで導入されたばっかりの画期的な究極のアンチエイジング〜〜〜☆

ヤバすぎるくらい効きます。

日が経つにつれて肌にピンッと張りが出てきました！

頬のたるみとかも、持ち上がってきたかも？？？？？　ダウンタイムは当然なし！

手ぶらで行って施術を受けることが可能です！


もうもう、最新美容はすごすぎる〜！！！

ということで、今回はこの施術をお得に受けられる方法をご紹介する記事なのです。


【コスパ最強！　◎◎で仮想通貨を手に入れて美容医療♪アンチエイジング☆】

超最新の美容医療である血液エステ☆☆
とても効果があるんですが……正直、お財布と相談せずに受けられる料金設定ではありません。

そこで注目してほしいのが、献血所です！！！！！


献血所で血液を提供すると、暗号通貨BLOODをもらうことができるのです！

仮想通貨BLOOD……今や使っていて当然になりましたね。

医療機関での決済に使用することが出来るのは、皆さんもご存知かと思います。

でも！

献血所を積極的に利用している人はまだまだ少ないのです！

つまり今の時期はけっこう狙い目。

ちょーっとベッドに横になって、４００ccくらい血を抜かれるだけで２万円相当のBLOODになるのです。

言うなれば、２万円の商品券を貰えるようなものです！

かーなーり、お得だと思いません？

「いやいや、血を売るってどうかしてるでしょ……。」

なんて考えに囚われているとホントにもったいないです！

駅で見かける献血の呼びかけ、最近、見なくなりましたよね。

これまで、献血は、病院で輸血が必要な患者さんのために、無償で行うものでした。

ですが、今は、BLOODの普及によって、これが大きく変わりました。

血液を「資源」として売買する事で、安定供給できるようになったのです。

BLOODによって、すべての血液は匿名でしっかりと管理され、安全性が保たれるようになりました。


そして登場したのが今回ご案内する『血液エステ』！

ブロックチェーン技術が普及した今だから実現したことなのですね♪


超☆最先端美容医療「血液エステ」でアンチエイジング！


血液成分の良質な部分だけをリッチに抽出した「高濃度培養液」。

様々な成分が配合されていて、細胞活性化・免疫向上・美容効果を得ることができます。

点滴と同じように血管に直接投入するので、お疲れ肌にぐんぐん浸透！

1回の施術で全身に効果が現れるから魅力的！！

文字通り血の巡りを改善する効果があるので、アンチエイジングの最後の味方なのです！


自分の血を売って得たBLOODで、より健康な血液が手に入るってワケですから、試さないわけにはいきません。

ぜひBLOODをもらいに献血所へ行ってください！！

もちろん、何かあった時のために治療費として貯めておくこともできますけどねー。

エステに行かずにいられないのは美容マニアの性だし……wwwww
まだ1回しか施術は受けていませんが……こんなに効くとなれば、継続するしかないでしょ？　って感じ。

キレイのためならどこまでも……♡美の追求は血液から！！

100歳になっても美魔女を目指していきたいと思います！！

究極アンチエイジング血液エステ
気になった人は、おすすめの献血所ランキングを作ったので是非検討してみてくださいねっ↓↓↓』

来栖ハナ

荒ぶる風と雨が、窓をたたき割らんばかりに吹きつけていた。

強い風の後に散弾銃のような雨音で、家中が唸る。窓にはめ込まれたアルミ製のフレームはガタガタと騒ぐのを止めない。

来栖《くるす》ハナは、不安になって自分の部屋の窓の無事を確認した。

——都心部でこんな暴風雨がくるなんて、全然思っていたのと違う。

日本は穏やかな四季のある国だと聞いていたのに……。

心なしか、棚の上に飾ってあるトロフィーや盾まで揺れているような気がした。

「A minite.」

短く画面の向こうの相手に告げる。

ハナは、ＰＣモニターから視線を外して、スリープ状態となっているスマホの電源ボタンに細い指を滑らせた。現れたのは、３Ｄアニメ調の女子高生キャラクターだ。

「ねぇ、アッシュ。」

《どうしたの？　ハナ》

ほとんど即応で、女性の声がスピーカーから発音される。

まるでアバター越しの人間と通話しているようだが、『彼女』は紛れもなくプログラムである。より正確には、人工知能（ＡＩ）だ。

Ｈ（アッシュ）――２０２２年に日本ではじめて採用された中高生教育支援用ＡＩの公式愛称。

ＡＩとの会話や質問を通して、子供たちに「伝える力」を手に入れてほしい。テクノロジーを主体的に扱う術を身につけてほしい。そういった理念の下、教育現場にＡＩは導入された。

生徒自身が積極的にＡＩを育てていけば、生徒もまたＡＩと一緒に成長する。２０２２年の春、中学高校に入学する少年少女たち1人につき1枚の「Ｈ（アッシュ）」プログラム入りＩＣカード（ＲＦＩＤ）が支給された。道徳的な範囲で思い思いに成長させてみよう、ということになっている。

導入されてからすでに2年目となり、来年は歴史上はじめて、ＡＩと一緒に育った高校生が卒業する。「ＡＩ世代」の動向がメディアの少なからぬ注目を集めていた。

もっともハナの場合は、まだまだ浅い付き合いだ。７ヶ月前にバリ島のインターナショナルスクールから都内の公立校に転校してきてはじめて、このＡＩを使うようになった。


「この天気って、スコールじゃない？」

《この天気は台風、typhoonだよ。北西太平洋に存在する熱帯低気圧のうち、17㎧以上にまで発達したもの。天気予報では北北東に進路を取っていて、あと4時間は、関東地方に停滞しているよ。》

「4時間……。」

ハナは顔をしかめた。


――スコールよりもはるかにやばそうな雨と風が、4時間。

水浸しになったインドネシアの生活が脳裏に浮かぶ。バリにいた頃は、例え洪水が来ても流されて困るものは優勝トロフィーや電子機器ぐらいだった。でも、日本だと到底そんな気にはなれない。制服も、部活のバスケットボールも、買ったばかりのぬいぐるみも、絶対に濡らしたくない。
《現在、首都圏では大雨警報、暴風警報が発令されてるよ！　外出には、かなり注意が必要だよ！》
アッシュは、ニュースで見るお天気お姉さんのように「よろしく」と人差し指を立てて念を押してきた。表情のアニメーションも、本当に目の前の彼女が話しているかのように千変万化していく。

ハナは、ため息をついて、ＰＣモニターへ向き直った。

「というわけで日本はやばいです、ＪＪ。」

ＪＪと呼ばれた男性も、画面の向こう側で頷いた。


本名を城島貞治《じょうしまじょうじ》という日系シンガポール人だ。

6歳から18歳の子供たちが通えるバリ島のスクールで、もう15年は講師として数学と日本語のカリキュラムを担当している。ハナも去年の秋学期が終わるまでは彼のクラスにいた。

数学とコンピューターに対するハナの興味をうまく誘導してくれたおかげで、彼女は国際的な数学やＩＴの大会でいくつもの賞をとるまでになった。

「もう家流されるよコレ。」

頬杖をついてそう言った瞬間、遠くの空を大きな閃光が駆け抜け、続いて爆音がハナの鼓膜を襲った。電車が真横を通り過ぎるより、激しい音量である。


「確かに、すごいね。」

画面の奥で城島も驚いたような表情になって言ったが、すぐになんてことなさそうな顔に戻った。

「インフラ立国、日本の建築技術を信じろ。で？」

「あぁ……だからヤバいの。もう、マジでヤバい！」

中断した話の続きを促され、ハナはありがたく溜まっていた不満を吐き出す。

天気のことではないとは分かっていたが、城島はあえて聞いた。

「何が……？」

「何がヤバいって、高校の授業〜。」

ＡＩを活用する情報技術の授業のことだ。

３歳からタブレットでプログラムを書いていたハナには、目も当てられないくらい低レベルな内容だった。

『日本ではＡＩと一緒に、授業を受けたり、宿題をやったりすることができる。』

そう聞いて期待値が上がっていただけに、ハナのショックは大きかった。

いざ転校してきたら、想像とは全く違っていた。

ＡＩを使いこなすことが出来る生徒はもちろん、教師さえも殆どいなかったのだ。

先月の授業はというと、ソフトの手順に従って、アッシュに『猫』を見分けさせてください という内容だった。

ハナはこのとき、アッシュを使おうと思わなかった。ハナがもともと使っていたＡＩは、既にその学習を終えていたため、それをそのまま提出したのだ。

さすがにそれだけだと味気がなさ過ぎて、ＡＩに判別させた『猫』の画像を集めて、種類ごとの『猫』を見分けられるように改良しておいた。それでいいと思った。


情報技術の教師は、それを確認して苦い顔をしながら言った。

「来栖さん、これはね、アッシュを使う授業なんです。ソフトの手順通りに行ったものを提出してください。」


ハナは、何を言われているのか分からなかった。

「猫はきちんと区別できています。アッシュは使ってないですけど、他のＡＩでも結果は同じようなものですよ？　ですが、手順通りとなるとそうではなかったです。」

真顔でハナは言ったが、教師は、これに返答することなく、情報技術の授業はチャイムとともに終わってしまった。

教師がそんな調子なのだから、生徒の方もＡＩと会話をして、成長させることよりも、問題をたくさん覚えさせて、出題傾向を予想させることぐらいの使い方しかしていないのである。

決められたことを教えるだけの教師と、習ったことを答えるだけの生徒。人間がＡＩになるための授業を行っていると言ってもいいぐらいである。

テクノロジー教育に力を入れようとＡＩを導入したものの、現場に詳しい人がいなかったというのが、日本の今の現状であった。

ハナは、城島に授業のこと、先生とのやり取りのことを話した。

「この国、遅れてるんじゃない?!」

ハナが言うと、城島は何とも言い難い気持ちで言った。

「ＡＩ教育は、まだ他の先進国でもあんまり導入例はないよ。」

「国が違えば、教育だって違うものだから。」

城島は、付け加えるように言った。

むしろ平均的な10代の女子として、彼女がサイバー知識に関して深掘りしすぎなのだ。

ハナがバリに住んでいた去年まで、家庭では彼女の父親が、プログラミングで数的思考や合理的思考を教え、城島が数学をどんどん教えていた。そんな環境が普通だったのだから、ハナが物足りなく感じるのも無理もない。インターナショナルスクールでは、それも多様な個性の1つとして尊重され、むしろ特別視されたことはない。

「郷に入れば郷に従えってことなのかな。余計なことはしない方が良かったってことなんだよね……。」

帰国子女のJKは辛辣な意見を述べた。

日本で制服を着て横一線で机に座ることになったハナを、城島は不憫だと感じた。

通常の感覚からすると、「実社会から10年遅れる」と言われる教育現場がAIの導入を決定したことだけでも大いなる進歩だ。

現状、彼女は情報技術の分野において第一線の技術者と同じレベルの知識を追い求めていた。周りの生徒がそうでないことは想像に難くないので、そこはやはり下に合わせるのが公教育だ。

「まぁ、そもそも、君に日本は合わないんじゃないかなと思ってはいたけど。」

城島はもともと日本で生まれ育っている。

ハナが数学やコンピューターのコンテストでたたき出した優秀な成績をみて、奨学金を免除すると申し出てきた欧米の大学を取り次いだ彼としては、彼女のように飛びぬけた能力を持つ人に日本の教育が何をしてやれるのか大いに疑問を持っていた。転校しなければならないのは控えめに言っても可哀想だった。

だから辛い時はいつでも連絡しろと伝えて、こうやって時折愚痴を聞いていた。それでも、彼はあくまでも「教師」であり、「他人」でしかない。

「とはいえ、家庭の事情があるからなぁ。」

嘆くように城島は言った。

ハナの両親は、去年の秋ごろに離婚している。

インド人の父親と日本人の母親の間で、パートナー関係を解消することについての話し合いが行われた。

話し合いは円満に終わった。

2人それぞれ一度故郷に帰る目途をつけたところで、婚姻関係は解消となった。

問題はハナの進路である。国際結婚の難しい部分だ。

結局、親権を持っている母親と共に海を渡ることになり、日本の高校に転入して今に至る。

「……でも、インドに行ってもなぁ。」

ハナは深いため息をつきながら言った。

「将来設計の違い」が2人の離婚の最大の原因だった。

システム会社を経営していた父はそもそも海外に行ったり残業したりで家にいないことが多かった。そのため、家族構成が変化したという実感はハナにはあまりない。この前の5月には、父が長めのバカンスが取れたから台湾に旅行に行こうと誘ってくれたばかりである。母も、2、3日学校を休んで会いに行ってきたらいいと言って送り出してくれた。

表面的には、2人はぎくしゃくしてない。何も変わってない。

何も変わってないように見えるから、こう思わずにいられなかった。

「……やっぱり、バリに帰りたいよ。」

うつむくハナに城島は言った。

「ハナ、しっかりしなさい。」

優しい、しかしよく通る声だった。

ハナは顔をあげた。

「君の転校は本当に残念だったし、僕たちはいつも君を応援したい。でもそれは、君が今おかれている環境への適応を妨げるものであってはいけない。」

城島は続けていった。

「新しい環境になったら、人は変わる必要がある。お父さんについてインドに行っても、バリ島でホームステイをすることになっても同じだよ。そう思わないかい？」

城島は、そう言うとハナをモニター越しで見つめた。


「うん……。」

とハナは頷いてみるが、自分ではどうすることもできない環境は、やはり不満があった。

「はぁ～あ。」

「もちろん簡単なことじゃないが、その苦しみを理解して、応援してくれる人は必ずいる。君が何をすべきなのか、どうしたいのか、自分の指針を持ってさえいれば、道は必ず開けるよ。」

「……ありがとう、ＪＪ。」

ハナはいい先生だったのだなぁと改めて思った。数学や日本語だけじゃない、必要な時に必要なことを教えてくれる。自分の感情や悩みを整理するための方法を知っている大人の話はとてもためになる。少し気がまぎれた様子のハナに城島は言った。


「やりたいようにやれよ。その内、道は開けるさ。」

「うん。私、頑張る。」

「分かった。しっかりね。じゃあね。」

「またね。」

それでも、モニター画面からＪＪの姿が消えた後には寂しさだけが残る。

ハナは椅子を離れて数歩進むと、投げやりな動作でベッドに倒れこんだ。

◇◇◇◇◇◇◇◇◇◇◇◇◇◇

《ハナ、今日の自習課題が発表されたよ！》
《学校からの課題が出たよ！》
通話アプリが消えたPCモニターと、スリープ状態だったスマホ画面の両方にアッシュのアラームが表示された。アッシュは、休校時に生徒へ自習を促すようにプログラムされている。
「……。」
《寝てないでさ、クラスの個人フォルダに配布された課題をやってみない？》
外の天気やハナの心境を察することなく、アッシュは、爽やかな声で話しかけてきた。
「……やらない。」
《えー、やらなきゃ！》
「やだってば！」
この発言の衝動性は、ＡＩであるアッシュには理解されない。それがハナには寂しかった。
《やらないと、課題達成の報酬がもらえないよ。》
アッシュは、出席や課題提出の記録を管理することは出来ても、人間の気持ちに寄り添うことは出来ないのだ。
《この前の日本語のテストの点は、平均値から見るとかなり低いよ。日本語学習にもう少し力を入れてもらえると良いんだけど。ハナにぴったりのプログラムを用意しているよ。》
自習に関して、人間がアクションを起こすまで、こうしたお説教が何度でも続く。
「分かったから……3時間後にやるよ。」
《3時間後にやるんだね。分かった。》
返事だけ聞いて疑いもせず、アッシュは引き下がった。
「ねぇ、それより……。」
ハナが発言すると同時に、アッシュが絶妙なタイミングで話題を切り替えた。

《それじゃあ、週末にある面白いイベントについて提案したいんだ！》

「イベント？」

アッシュは、子供の興味と活動の幅を広げるために、役立ちそうなイベントの提案をしてくれる。ハナの好みに合わせて、大抵はスポーツサークルやロボットワークショップのお誘いだ。

ハナは、ベッドから起き上がって椅子に座りなおした。同時に、ＰＣのモニターいっぱいにＨＰがポップアップされた。ヘッダーに『OUR BROTHER BY BLOOD』と書かれている。すぐ下には、ゴミの山の中を歩く小さな子供たちの写真。

ハナには、どのような内容かは、すぐに想像がついた。

「ボランティアか何か？」

《今週末、仮想通貨BLOODを使ったチャリティーイベントがあるんだよ！》

「へぇー。」


BLOODは医療機関で使用されている通貨であるため身近な通貨となっている。その成り立ちが、サイトの概要欄で説明されていた。

世界に平等な医療を！

『血液』を安全に管理、提供すること、これがBLOODの目的です。

BLOODは２０１９年アメリカで、日本人の荒島泰斗率いるチームによって開発されました。

電子カルテと血液データがブロックチェーン技術で管理されるようになると、これに特化した通貨が新たに発行されるようになりました。


画面は、アッシュの説明とハナの読む速度に合わせて自動でスクロールしていく。

メインカラムの横に、いくつものＮＰＯ法人のリンクがあった。

運営ブログの記事は３ヶ月程前から始まっており、参加する団体や屋台が毎日のように予定を告知している。かなりしっかりしたイベントのようだった。

今週の日曜開催で、場所は南池袋。

《ほらほら、この女性シンガーがコンサートをするんだって！　すごいよねぇー。歌が歌えて、しかも人の役に立てるなんて！》

ＰＣの画面上にいるアッシュは、ＨＰに身を乗り出す。ギターを抱えた女性の写真を指差した。

だがハナの興味を捉えたのは、それより1つ上の記事だった。

「いいねぇ、これ。」

フリーマーケットが出店される屋台でマシュマロ入りタイ焼きが販売される、と書いてあった。


マシュマロ入りタイ焼き。しっとりしたあんことマシュマロと衣のサクサク感が絶妙♪


3ヶ月ほど前、放課後に東京ドームの近くをぶらついていた時に、とある移動屋台で出会った。それからはすっかりハナのマイブームだ。

都内で販売している店舗がないかどうか検索してみたこともあった。ところが、数が少なすぎる上に、ハナが住んでいるところから乗り換えが面倒な場所にあった。

そのため、今のところは、たまにしか食べられないレアスイーツとなっている。舌の上に甘い味が広がるのを想像し、ハナはウキウキした。

――日本のお菓子って、サイコー！！！

《ハナの検索履歴からヒットしたイベントだから、面白いと思うよ。》

「うん、バッチリ。週末いこうか。」

《やったぁ！　嬉しいな。すっごくすっごく楽しみだよ！》

アッシュは背景に星がキラキラ表示されるアニメーションに合わせてぴょんぴょんと跳ねてみせた。喜ぶ動作はプログラムで設定されている。だが、思考自体は自律型であるため、提案や希望はあくまでもアッシュの自発的なものだ。

《音楽のあるイベントかぁ……心が弾むよね！》

「アッシュって、ホントに音楽大好きよね。」

他のＡＩと同じように学習のベースになる「数値」、いわば人間なら「個性」が、変更不可能な要素としてシステムに組み込まれている。そして彼女は、音楽の話になると非常に積極的かつ流暢に、会話を展開してみせた。『音楽が大好き』なＡＩなのだ。

《もちろん！　音楽や、歌うことは大好きだよ！》

「何でそんなに？」

《アッシュが作られる過程で一番最初に報酬がもらえた動作なんだ。》

「歌が？」

ハナは形のいい眉を引き上げた。

初期の仕様で、音声機能を中心に強化されたのだろうか。

効率的な検索機能と、主要教科の基礎知識、12歳相当以上の会話能力を備えた『アッシュ』。基本的なスペック（性能）やAIとしての学習機能は、ダウンロードの仕方と合わせて、百科事典並みの説明書と一緒に手渡された。だが、そんなものは一々読んでいられない。

アッシュが生まれた背景や歴史については、ハナには謎のままとなっていた。

「……1回歌うと、何点くらい？」

《点数じゃない、人間の拍手さ。けっこうたくさんもらえて、ワクワクした。》

「は、拍手？」

思いがけない回答にハナは舌を巻いた。

点数ではなく、拍手をもらって成長するなんて、いかにも人間的なリアリティに満ちている。発言の真偽は定かではないが、聞けば答えるものだ。

《楽しかったな。思い出したら、なんだか歌いたくなってきちゃった！》
「思い出したって……。」
画面の向こうのアッシュは目を閉じて僅かにあごをあげ、うっすらとほほ笑んでいる。まるで、本当に幸せな記憶を蘇らせているような表情だ。本当にこの手の会話になると、呆れるほどのクオリティだ。手の込んだ人間的感情表現に、ハナは思わず苦笑いした。

《私の歌を聞けば、君だってすぐ夢中になるよ！》

話に熱が入ってきた、というのがまさにぴったりの畳みかけだった。

とてもプログラムされているとは思えない、一切悪気のないその声色からは、歌手を夢見る少年少女の純粋さまで聞き取れそうだ。

「また今度ね。」ハナは会話を打ち切るために言った。

《人間は、すぐそうやって言うんだから。》

アッシュの不満を聞き流して、ハナはイベントのＨＰを閉じた。

「それより、今日の演習はどう？」

《CTF WRIGHTUP のプログラム演習だね？　新着の問題をピックアップしておいたよ！》

「Good job, honey!」

瞬時に新しいタブが表示されたのを見て、ハナは思わず手を伸ばしてモニター越しに女子高生姿のアッシュを撫でた。

『CTF WRIGHTUP』

情報推進機構が運営するサイトだ。世界中から、ＩＴ分野に関する問題が集まってくる。

青少年の、テクノロジーとサイバーセキュリティに関する理解を深めることが目的だ。18歳以下の子供なら誰でもすぐに登録が可能で、毎日更新される問題を解くことが出来る。12歳の時にＪＪが存在を教えてくれた時から、ハナはずっとここを愛用していた。

はじめは、ただひたすら高得点を目指していただけだった。

それがいつの間にか、ＩＴ企業の運営するジュニア大会で、何度も優勝するほどの実力が身についていた。父をはじめ、周りがすごく褒めてくれたのが自信になった。

ハナ自身も楽しかったので、向いているのだろう。

アッシュに詰め込んだプログラム言語と暗号の知識を活用できるようになってからは、飛躍的に問題を解くことが出来るようになった。自分の育てたＡＩと一緒に問題を解いていける。ＡＩと協力して正解にたどり着いた時は、すぐそばに『トモダチ』がいるような感覚だった。

《ハナに挑戦してほしいのは、今日新しく出題された1648問中の30問。挑戦した頻度が低いタイプは、次の8つの関数に関しての脆弱性だよ！　修錬度の低い関数が多い順、難易度順に問題が表示されるから、頑張ろー！》
「では、やりますか！」
自分の持っている全ての機材と知識を総動員して挑戦するのが面白かった。手探りの状態から新しい世界の扉を次々に開いていく感覚で、全身の血が沸き立つ。
《私と君、2人で学んでいこう！》
「そうだね。」
まずは、関数の中に隠されたパスコードを探す問題だった。
与えられた資料の中の読むべき場所さえ知っていれば、何も悩むことはないはず。問題をじーっと眺めている内に、頭の中で解法が湧いてきて、自然と指が動く。バラバラになった情報を探し集めて、復元させる。そうしていると、まるで自分が世界を新しく組み立てている気がした。

ごちゃ混ぜになっているようで、きちんとした形があり、最終的にはシンプルなルールの上に成り立つ論理。0と1だけの世界……。
そのルールを掴むことは、ハナにとってはさほど難しいことではなかった。

センスがある、と周りの大人は言う。
チェスやスケートのセンスと同じようなものだった。
サイバーセキュリティのセンス。単純に分かるから分かり、解けるから解くのだった。

パン。

ハナはモニター画面を凝視したまま、正解につながる最後のキーを強めに叩いた。
《はい正解！　とってもきれいなコードを書くね！》
「ありがとう！」
《やっぱり君には、才能がある！　スゴイね！》
「私もそう思う！」ハナはあえて、そう言ってみせた。
ただ、このコードは、アッシュが問題の中のデータをきちんと整理していたからできたものだ。正解までの道筋がはっきりと見えていれば、コードをキレイに整える余裕も生まれるのだ。
1問、また1問と、解けば解くほどハナの集中力は高まっていった。だが、それと同時にＰＣから放たれるブルーライトの刺激に耐えられないほど、ハナは目を酷使していた。

――アッシュのように電力を食べて生きるコンピューターだったら、きっと疲れないのに。

そんなことを空想しながら、ハナはアッシュのデータを見ながら夢中で手を動かし続けた。


「ハナ。」

ふいに、人の声がした。

振り返ると、母の来栖舞《くるすまい》が白衣のポケットに手を突っ込んで立っている。部屋のドアをノックされたかどうかも、よく分からなかった。

「お昼、ご飯食べない？」

「あっママ、診察は……？」

「もう13時よ。いったん休憩よ。」

普段なら舞は、一駅向こうの総合病院で内科の医師として勤務している。

今日は、台風ということで、自宅でオンライン診察を担当していた。いわゆるサテライト診療である。自宅勤務とはいえ、患者とカメラ越しに対峙するため、医師らしく白衣を着ている。けれども、スタイルが良すぎて、ハナにとってはコスプレにしか見えなかった。

舞が踵を返したので、ハナも立ち上がってついていく。階段を降りながら、舞はうんざりしたようにため息をついた。

「家から出なくて良いのはありがたいけど、動きが遅くってラチがあかないわ。他の先生もそうみたい。」

文脈から察するに、どうやらオンライン診察の配信にタイムラグがあるらしい。

「そう？　こっちは普通だけど。」

雨のせいだろうか？　ハナは外の音を聞きながら、そう思った。ＪＪと通信してから３時間ほどたっていた。むしろ強まった気がする暴風雨の様子からするとそんなこともあるのだろう。接続不安定になる原因は考え始めたらきりがない。

「ところで、ご飯なに？」

「コロッケ。」舞が特に表情を変えることもなく言い放つ。

「えっ、朝もそうだったよ？」ハナは、自分の勘違いかと思った。

「ちなみに夜もそうよ。」

「どういうこと？」

――医師として栄養の大切さを理解しているはずの母に、何があったら1日の献立がコロッケまみれになるのだろうか。


「今日は台風だから。」

「はぁ?」

「台風の日には、コロッケを食べるの。」

含み笑いされながら言われても、ハナにはさっぱり見当がつかなかった。

台風とコロッケに、一体どんな関係があるのだろう。

「何それ。おまじない?」

「強いて言うなら、勢いね。」


外では、相変わらず風と雨が暴れていた。

匿名者たち

パン。

ＰＣのキーを一層強く叩く音がした。正確には、そんな気がしただけだ。電子の海の向こうにいる誰とも知れない入力者が、どんな動作をしたのかまでは流石に分からない。

――でも、やっと終わりだ。匿名者（Ｘ）は両手をあげて大きく伸びをした。

とあるプラットフォームに侵入し、かれこれ10数時間にわたって入力されてくる情報を監視していた。その地味な苦労が、やっと報われた。

――モニターを凝視し続けていたせいで、目がショボショボしている。頭もぼーっとするが、気分は悪くない。笑えるくらいに全てが順調だ。

計画に必要な最後のピースがたった今、自分たちの手に入ったのである。そして、そのことを知る者は、匿名者Ｘとその仲間たち以外には誰もいないのだ。

数ヶ月前から、Xたちは慎重にその時をうかがっていた。しかし、今、いざとなったら、コトは一瞬で終わってしまった。

国家の、まさに国民の生命を握るインフラだというのに、正気の沙汰とは思えないセキュリティレベルの低さだった。今ならばこの計画を進めることが出来る。やるなら、今、今日この時だった。


窓の向こうで、雷が轟く。

匿名者Xには、それが、勝負の始まりを告げる鬨の声に思えた。


『数日で全ての解析が済む。』

XがSNS画面のグループを開いてメッセージを入力すると、連絡を待っていた他の匿名者たちが次々と返信をしてきた。


『お疲れさまです。Dear フレンズ。』

『X-sama. Congratulations!』

『いよいよか。』

『いよいよですね。』

『気を引き締めましょう。』

『同志諸君、決行の時だ。コードnine、各自、手筈通りに。』

沸き立つグループトークを満足気に眺めつつ、Xは文書アプリケーションを開いた。歴史を正すための主張を、記しておかねばならなかった。

――全身を襲ってくる気配は、武者震いだろうか。

『これは警告である。』

匿名者Xはキーボードに両手を揃えて、頭の中で何度も推敲を重ねた原稿を書き始める。

キーを打つ指は、ダンスのステップを踏むように絶え間なく動いていく。

止む気配のない雨と風が、その小さな音をかき消した。

千代田区の昼休み

「警部《せんぱい》、バームクーヘンと牛乳です。」

「おう。」

剣来駿矢《つるぎしゅんや》は、あえてぶっきらぼうな表情を作って、後輩の牧村直人が差し出したコンビニ袋を受け取った。

使い古してエンターキーの文字が掠れつつあるキーボードの脇に牛乳を置いて、バームクーヘンの袋を破る。頼んで買ってきてもらった、本日の昼食だ。

警視庁サイバー犯罪対策課の捜査官にモニターから離れる余裕はない。


「先輩、最近ずっとバームクーヘンですね。」

牧村は、自分のデスクに着席した。

「うるせぇよ。バームクーヘンと牛乳だぞ？　ゴールデンコンビだろうが。」

「……そんなこと言って、オマケ集めたいんじゃないんですか？」

牧村は、剣来の机の上に視線を向けた。

絶賛キャンペーン中のバームクーヘンに付いているオマケが、いくつも並べられている。ポージングは異なるが、全て『音葉さくら』という、ミュージックロイドのフィギュアだ。

ミュージックロイドというのは、ＰＣ上で人工的に声をつなげて歌わせることが出来る音声合成ソフトのキャラクターだ。


「昔、流行ったから懐かしいだけだよ。」

少し気恥ずかしくなって、剣来は弁明した。

「まぁ、人気でしたよね。俺も、何曲か聞いていました。」

かわいらしい『さくら』達の中の１つを、牧村は何の気なしにつまみ上げる。

「おい、触るな。」

「すいません。」

先輩が本格的に怒り出しそうだったので、やむなく手を離す。

「まったく……。」

剣来はバームクーヘンを大口で頬張ると、牛乳で流し込んだ。

視線はすでに、モニターにある。


「どうしたんですか。この前のが片付いたばかりで『壺』なんか開いて。」

「監視だよ。監視！」

牧村は、頷くことしかできなかった。先輩の横顔は真剣そのものだ。というよりも、昼休みも仕事をしているのである。

捜査官というよりはマニア根性が過ぎたＩＴオタクといった感じである。昨日の今日、３ヶ月前から追っていたフィッシングサイトの開設者をアゲたばかりなのだ。一息つきたいところを、オンラインパトロールときている。

サイバー課に勤続して８年。「マザーボードから生まれた」と囁かれている剣来の技術的調査力は、警視庁内でも群を抜いていた。そのスキルが、寸暇を惜しむような学習と才能によって支えられているのは、牧村から見てもよく分かった。

もちろん牧村も、サイバーセキュリティに興味があってサイバー課に志願した。仕事の社会的責任を理解し、またその意義も感じていた。しかしながら、剣来は、誰もが呆れるくらい熱心だった。

「あの、疲れません？」

「別に？」

牧村は、気遣うつもりで尋ねてみたが、剣来はこちらを見向きもしない。

優秀な先輩が確認している黒い背景の画面。

ＬＥＤが明滅するごとに、数字の羅列が次々と表示され上に向かって流れていく。

牧村が『壺』と呼んだ中の情報だ。

ハニーポット。

あえて、通常のセキュリティー対策をしていないPCやサーバーがそう呼ばれる。ゆるい警備の隙をついて侵入してきた犯罪ハッカーやマルウェアが、どういう動きをするのか監視するためのオトリだ。四六時中、何らかのサイバー攻撃にさらされている。

マルウェアとは、不正プログラムやコンピューターウイルスなどのことだ。悪意のあるハッカーの行動パターンを見つけるために、こういった手法が取られているのである。ただ、実際の所、人間が監視する必要はあまりない。

「これって、分析用AIに回す訳にはいかないんですか。」

「俺が、気になるんだよ。」

雑誌でも眺めるように剣来は、流れるスクリーンを見つめている。

好きなことが仕事になっているがために、剣来にとっては勤務時間や労働という言葉とは無縁だった。

「不正アクセス記録ですか……。」半身を剣来のデスクに乗り出して、画面を覗きこんだ。

「それにしても、減らねぇもんだなと思ってさ。」

サーバーとPCの玄関口となるIPアドレス（PCの識別番号のようなもの）。何気なく生きていればどこの誰のものとも分からないが、知識のある者が見れば特定できてしまう。

ハニーポットには不正に侵入しようとした莫大なアクセス記録が残されていた。およそ現代で考えられる全ての脆弱性に対する攻撃が試行された証拠だ。攻撃が成功すれば、それを踏み台にして、次から次へと仮想OSの主導権を奪う。大体の攻撃は使い古されたものだったり、それをベースにした簡単なものだ。

それでも、セキュリティ対策が十分でない電子機器には効果を発揮する。

「OSのバージョンアップをしなければ、簡単に侵入できますからね。」

牧村は、買ってきたツナ巻きを食べながら意見を述べた。

「そうだな。面倒くさがらなきゃ防げることなのに。それにしてもフザケタ輩は多いもんだ。」

「次から次へとOSが変わるから、バージョンアップをするのも面倒なんですかねぇ。」

牧村は言った。

とうの昔に対策が発見されたプログラムの欠陥を、色々と理由を付けて放置している組織はいくらでもあった。

大半は、ハッキングＡＩが自動で周回しながら侵入経路を探す。現実社会で例えるならば、10秒に1回交番の前を不審者がうろついているようなものだ。交通課の駐禁でさえ、こんなに酷くはない。

――日本が安全な国だなんて、幻想だ。

剣来は、そんな風に考えていた。

オンラインに国境はない。やろうと思えば、1つずつアクセス元を探ることもできなくはない。ただ実際は数が多すぎて、とても人手が足りないのだ。海外ともなれば、いよいよ追うのは難しい。

「こう多いと、さすがに警告だけでもしたくなってくるな。」剣来が言った。

「でも、先輩。そんな連中、イチイチ捕えていたらキリがないですよ。」

「……。いや、犯罪者《そっち》じゃない。利用者の方にだ。」

「ああ、そっちですか。でも、そっちも言っても聞かないと思いますよ。」

実際、減るどころか、サイバー犯罪は世界中で増加の一途をたどっている。東京オリンピックこそ無事に終わったが、昨年2024年に国内で発生したサイバー犯罪検挙率は1万2863件だった。年間交通事故死亡者数を遥かに上回る数だ。その他の犯罪と比較した場合の増加率では、ここ10年でトップを独走している。

最先端のデジタル犯罪の事例に関する普及イベントも実施されてはいた。だが、その必要性を認識している人とそうでない人の間にデジタルリテラシー格差は広がっている。情勢は、技術が進歩するごとに深刻になっていくのだ。

剣来は、首を傾げた。

「自分のデバイスのなかで、何が起こっているのか、気にならないのだろうか?」

「そうですね。デバイス(携帯、スマホ)は持っていても、リアル社会にだけに関心がある人は、あまり気にしないいんじゃないですか?」

通信、教育、医療、物流、電気、水道、経済活動……

あらゆる分野で生成されるプログラムの数々。それが変な挙動を起こさないようにするのが警察の仕事だと世の人は思っている。

「無理もない話ですよ。発信源が隣の家っていうぐらい分かりやすいものなら別ですけど。」

牧村は付け加えるように言った。

「まぁ、そうだな……。」

剣来が答えるのと同時に、新たな警告がモニター画面に表示された。

また、知らない誰かがハニーポットを攻撃しているのだ。


「あっ、またウイルスみたいですよ！」

剣来は牧村の意見に無言で同意して、牛乳パックに口をつけた。

剣来たちが眺めている間に、目新しい手法は特にないまま仮想ＯＳは完全制圧されてしまった。とはいっても、現行のアップデートされたソフトウェアであれば、即座に跳ね返されているレベルの攻撃であった。

「まぁ……異常なしってところですか。」

「だな。」

「それはそうと、先輩、仕事は仕事で頑張るとして、今度合コンでも行きましょうよ。台風も過ぎたことだし。」

牧村は様子を見ながら、貴重な昼休みを堪能すべく、サンドイッチを開封しながら言った。

剣来は、視線だけでその牧村の呑気そうな横顔を見やった。

「でもお前は、この前、彼女が出来たとか言っていなかったか？」

「俺はジュンチョーです、センパイの話。仕事とネット以外の生活を持っておかないと、孤独死しますよ。」

剣来は、思わず体ごと牧村に向き直った。常々先送りしてきた問題について、不意を突かれた形だった。孤独死は困るが、だからといって、生活スタイルを変えようなんて気はまるでない。

最近では、ＳＮＳのトーク画面に女性の名前がないことに危機感を覚えることもなくなった。

剣来は女性に関して行動的な方ではないことを自覚していた。だが、婚活パーティーや交流会は、時間のムダにしか思えず、参加しようと思わなかった。

何となく、机の前の『音葉さくら』に視線を移す。

「……まあ、そうかもなぁ。」剣来は、あくまでもさりげなく、頷いた。

「でしょ？　彩ちゃんに、女の子、用意できないか聞いときますから。いつが空いてます？　あ、今週末はダメっすよ。彩ちゃんが今BLOODのブログ記事を書いてるらしくて、それ関係のフェス、俺と一緒に行きたいらしいんで。」

牧村は言うだけ言って気色満面である。

「ケッ。」剣来はイラッとして、鼻にしわを作った。

――『俺と』をやけに強調してきたところからすると、合コンの誘いはフリだ。

本音は、ただ惚気《のろけ》を言いたくて仕方なかったのだろう。ムカついたことを表に出すのも負けな気がしたので、剣来は平静を装って目線をモニターに戻した。

「BLOODか。仮想通貨も普及したな。」

剣来が配属された1年目と比べて、その知名度と信頼性は確実に増していた。当時の仮想通貨といえば、取引所を狙ったハッキングが多発していた。事態を重く見た金融庁や業界が一丸となって体制を見直すことで、かなり改善されたのだ。おかげで監視用AIとシステム担当者の目をかいくぐって侵入できる猛者は、ほとんどいなくなった。

と言っても、犯罪ハッカーにとっては莫大な取引額と顧客資産のある証券会社や銀行のシステムは、大変魅力的だった。そのためアタック自体は、減るどころか、むしろ増え続けていた。

「んーでも、BLOODはまだまだ、これからですよ。」

意外にも牧村は話に乗ってきた。

剣来は、牧村がスルーして惚気話を続けると思っていた。

「コミュニティの勉強会は常に300人規模になっています。値上がりしそうな材料も多いですし、昨日は最高値の93万1020円つけて、トレーダーには今一番人気ですね。」

「へぇ。そう。そんなに注目されているのか。」

そう剣来が言うと、牧村は続けて言った。

「けど、BLOODは病院じゃない所の使い勝手が悪いっていうか、他の通貨に換金するのとかが面倒なんですよ。もっと駅前の普通の買い物とかに使えるようになってくれるといいんですが。なので、僕は、伸びしろに期待っす。」

「って、おいおい……お前、公務員だよな。」

BLOODのトレードをしていると牧村が告白したのも同然だった。

ところが、牧村は、全く悪びれるところがない。

「はい、そうですよ。6年前、大学のマルチで知って、500円の時に買いました。そもそも、副業じゃなくて投資なんですからセーフですよ。その時は、そそのかされて無理して資金集めまでしましたけど、今思えば必要な苦労でしたね……。」

牧村は胸の前で腕を組んで、しみじみと頷いてみせた。

6年前、日本の仮想通貨取引所に上場して以来、BLOODは基本的に右肩上がりのチャートを形成している。他のコインの上昇を知っていれば、当然のことなのかもしれない。

剣来はこれに乗ることなく暮らしていたが、買った人はお祭り騒ぎだった。当時数百円だったBLOODやその他の通貨は、今や80万円前後の値をつけている。1枚500円のデジタルデータが、80万円なのだ。

仮想通貨バブル、いや、仮想通貨ドリームなのだろうか。牧村の目には、ばら色の未来が映っているようだった。

「もう俺ってマジ、冴えてる！」

「うるせぇよ。」

剣来は仏頂面を作った。今度は、本心だった。

血を分けた兄弟のために

『え、どこ?』


池袋のとある茶色いビルを背にして、牧村はSNSからの返信を待った。

公園の周りは道路も歩道も関係なく人があちこち広がって、休日の雑踏を作っていた。

これでは待ち合わせ相手がどこにいるのかも分からない。


トーク画面に新しいメッセージが表示された。

『地下道への入口の銀色のガードだよ♡』

『反対側の入り口かな』

『ううん、斜め向かいにいる』

顔をあげて探す間もなく次のメッセージが入ってきた。

『なおくん、緑のTシャツでしょ?』

牧村は薄いストライプの入った自分の着ている緑色のTシャツを確認した。

先に発見されてしまったらしい。顔をあげて視線を動かすと、手を振っている女性の姿があった。

「あ、いた。」

「なおくん！」

牧村は大股で彩の方に近づいていった。

白いサマーニットと花柄のスカート。かわいらしさと品のあるコーディネートだ。女子アナとして採用されてもおかしくなさそうな彩の顔立ちに、とても良く似合っていた。


――ていうか、そもそも顔がかわいい。もうなんていうか、全部かわいい。


「今日もかわいい。服、似合ってる。」

素直にそうほめると、彩は照れたように肩を縮めて視線をそらした。揺れるピアスも、女の子らしくて彼女にぴったりだ。

もう2ヶ月前になるだろうか。今日のイベントのように、定期的に開催されているBLOODの勉強会で仲良くなれたのがきっかけで、2人は付き合うことになった。

「思っていたより人、多いんだね。」

牧村は、さりげなく無難な話題に移行しながら、イベント会場へと足を進めた。彩の歩幅に合わせてスピードを調節した。

ヒールを履いても頭1つ分低い彩が、上目遣いに牧村を見上げて言った。

「フリマとか、色々あるみたいなの。」

「そーなんだ。じゃあ、まずは。」

何をしようか、と口に出しかけて止める。牧村は、目の前を通り過ぎた女子高生くらいの少女が手にしているものに気を取られた。

縁日によくある食べ物の匂いがしたのだ。焼きたての香ばしい和菓子の匂い。

タイ焼きだ。

舌の上に広がる想像の味の美味しさにつられ、少女の歩いていく背中を視線で追った。ショートパンツから伸びる長い足をすたすたと動かし、彼女は振り向くこともなく進んでゆく。

一瞬の邂逅の後、つん、服の裾を引っ張られた。振り返ると、唇を尖らせた彩がわざとらしく不機嫌そうにしていた。何やら拗ねているっぽい。

「なおくん、今、女の子見てた。」

冗談めかした素振りだったが、どこまで本気で追求するつもりなのか分からないのが女子の恐ろしいところだ。

牧村は至って平静に容疑を否認した。

「違うよ。あの子の持ってた、タイ焼き。」

「タイ焼き？」

「いい感じの匂いがしたから。後で探して食べてみない？」

「……はぁん？」

街中ですれ違うオラついた不良少女と何ら変わらないトーンだった。

軽い焼きもちとは明らかに違う、恐ろしい感情が彩の顔に浮かんでいた。自分が何について地雷を踏んだのか分からなかったため、牧村は発言を迂闊にはできなかった。

牧村がオロオロしている内に彩は大きく息を吸って、

「いい？　タイ焼きは1つで約220キロカロリー、角砂糖何個分にも相当して、血糖値が急速に上がるの。和菓子だからって油断しちゃダメなの。脳に糖分が足りないと思うなら、せめてGI値の低いココアとかを低脂肪乳で飲むべきよ。」と、一息に喋った。

牧村の顔が、自分の伝えたいことを十分に理解してないと判断すると、大きなため息を吐いて更に自論を重ねていく。

「体に悪いとわかってるものを口に入れるなんて出来ない。もし私がなおくんの口に白砂糖の塊を突っ込んだとしたら、あなた耐えられる？」

語尾はほとんど絶叫であった。

――嫌われたくない。ていうか、嫌いになりたくない。

「そりゃ……暴行罪、かもね。」

意識してゆっくり頷き、出来るだけ肯定的な言い方になるように同意してみせた。

自分のルールに対して妥協しない、芯の強い子なのだと、牧村は思うことにした。

◇◇◇◇◇◇◇◇◇◇◇◇

軽快なアコーディオンの演奏。バルーンを握った幼児。たこ焼きをつまむ女性グループの賑やかな声。いくつもの音が、混ざり合って空気の中に溶けていく。

ハナは、すこぶる機嫌よく口をもごもご動かしながらフェスティバルを楽しんでいた。

会場に着くや否や、お目当てのマシュマロタイ焼きを手にしていたのだ。

数日前の台風は嘘のように晴れ、青空と、テント伝いに渡された七色の旗が広がっていた。花壇には紅い花が咲き、爽やかな夏の風に揺れている。芝生からは草と土の匂いがし、都心部ながらも自然の力強さを感じることが出来た。

「超〜美味しい。パリッとして、ふわっとして、マシュマロとあんこのハーモニーって、本当に最高〜！」

噛むだけで口いっぱいに甘さが広がった。

「アッシュ、教えてくれてありがとう。」

《どういたしまして。》

画面の中の女子高生は、オレンジ色のフレアスカートをキレイに翻して一回転した。自動で設定された、休日仕様のコーディネートである。こういうデザインやアニメーションの芸が細かいのは、すごく日本らしい感じだ。

《それより、早くコンサートスペースに行こうよ。》

「はいはい。今、向かっています。」

《はい、は1回でいいの。》

「はぁい、着いたよ。」

献血車に並ぶ行列があり、BLOODのシステムについて理解を促すポスターが掲示されていた。それを横切ると、簡易ロープで仕切られたコンサートスペースがあった。

芝生の上に、バラバラの色のレジャーシートが敷かれている。すでに、2、30人くらいの人が寛いでいた。ステージでは、スタッフ達が、白い幕で遮られた関係者スペースとステージ上を往復しながら機材を準備している。

《たくさんの人がいるね！》

「たくさんってほどじゃないでしょ。もっと大きい、フェスとかもあるし。」

言ってから、しまった、ハナは思った。

《フェス！　なるほど、関連のあるイベントを検索しています。》

「ちょ、ちょっと、アッシュ……。」

言うが早いか、アッシュは広大な情報の海に二次元の投網を広げた。次の瞬間には、大量のコンサート情報でスマホ画面が埋め尽くされることになった。ご丁寧に武道館や、国立競技場、アリーナなど、このチャリティとは比較にならないような大規模なものばかりだった。

《確かに、もっと大きなコンサートも見てみたいよね～。》

「それは高そうだから、パス。」

《武道館ライブチケットの平均料金は法定通貨で７８００円前後です！　ＳＳ席やＡ席でない場合はもっと安く購入できるよ！》

「安いとか、高いじゃなくてね。」
《絶対に面白いよ！　コンサートなら、音だけじゃなくて光や映像も交えて人間の気分を高めるように作られてるんだ。》
「そーだね、盛り上がりそうだけど。」
ハナとしては、正直あまり興味がなかった。でも、人工知能のキラキラした笑顔を見ていると、ばっさり切り捨ててしまうのも、気が引けた。
《ねぇ、ハナ！　音楽って楽しいんだよ！》
「うんうん、また今度ね。」
ハナは適当に返事をして、提案されたイベント情報をロクに確認せずに消した。
《そんなにつれないこと、言わないでよー。ツンデレ？》
「違う。」

手の中のタイ焼きがちょうどなくなったところで、司会の女性のアナウンスが入った。

「まもなくミニコンサートを開始します！　本公演の後に寄付していただいたBLOODは、血を分けた兄弟、世界の子供たちのための慈善活動に使われます。お集りの皆様、是非、寄付の方をよろしくお願いします。」

女性のお辞儀に合わせて、白い幕の向こうからギターを携えたコンサートの主役が姿を現した。頭に極彩色の花冠を戴いて、柔らかそうなコットンドレスを着ている。栗色の髪をふわふわと揺らして華やかに微笑みながらステージの中央に進み、彼女はマイクを握った。

「こんにちは、今日のイベントは楽しんでいますかぁ？」

拍手の合間に、鈴のような声が響く。

《とっても楽しい。それに、すごく懐かしいなぁ～。》

ステージまでは届かない声で、アッシュが思わぬコメントを返したことにハナは苦笑いした。

「懐かしい？　初めてでしょ。」

《コンサートについて、無視できない値が出現してるんだ。初期設定でね。》

「……初期設定、ねぇ。」

画面の中にいる少女の表情は、真剣そのものだ。人の手で開発されたＡＩプログラムが、「譲れない個性」を持っていることに思わず同意しそうになってしまう。

「では、聞いていってください！」

女性シンガーはギターを構える。

そして心に響く優しい声で、前に進む勇気を讃える歌を歌った。

聞き終わったら、アッシュの分も寄付しておこう。ハナはなんとなくそんな風に決めた。

医療用アシスタント「ELIS」

キーボード入力を終えた舞は、モニターから顔を離して患者に向き直った。

「窓口で処方箋を受け取ってくださいね。お大事に。」

労る笑顔を付け加えるのを忘れない。病院も商売である以上、おもてなしの心を込めた接客サービスはとても重要だ。

《お大事に。》

患者の男性が診察室の扉を開くと、ちょうど廊下を移動していた三等身のロボットが反応して挨拶した。

医療用ＡＩ「ELIS（エリス）」を搭載したロボットだ。看護師の服装をモデルにデザインされている。ロボットの内部には、最新のＧＰＵとＡＩチップが詰め込まれている。

この総合病院には25体導入されており、簡易セカンドオピニオンと会計処理をこのELISが担当している。いわば病院職員の頼れるアシスタントだ。

舞が診察室でＰＣから内科用のデータを入力すると、会計時には処方箋と電子カルテがオンラインで患者に返却される。OP_RETURN技術が応用されたことにより、

BLOODのウォレットでＭＲＩ画像、ＣＴ画像、電子カルテが一括管理されるようになった。これにより、患者は自分自身の医療情報（電子カルテ）を常に持ち運びできるようになった。

そのため、患者が別の病院に移った際には、自分の病歴やアレルギー、服用している薬についてはじめから医師に説明する必要がなくなった。おかげで、病院での患者の待ち時間は、ぐっと減るようになった。

一方、診療報酬点数計算や書類整理、受付での手続は全て医療用アシスタントELISがやってくれる。医師を含めた病院職員は、診察室にやってきた患者とコミュニケーションをとり、治療や処置、研究に専念するといった具合だ。

病院は、高度なＩＴシステムを背景に、一層の効率化を実現していた。

舞は、診察記録の入力を終えると、院内ネットワークへ、データ送信するためのボタンを押した。だが、ＰＣのカーソルはくるくると回ったまま、送信中を表すバーは、中々完了状態にならず、モーター音だけが唸った。

舞は、さほど気に留める事もなく、横に置いてあった医学雑誌が並ぶラックに手を掛けた。手を伸ばしたちょうどそのとき、診察室の引き戸が開いた。

「先生、ちょっと。」年若い准看護師だ。

「何?」

返事をすると、困った事態が起こっていると、表情で訴えかけてきた。

「あの……ELIS達が変です。」

「変?」

「えっと、ちょっと確認してもらった方がいいかと思って。」

「でも、まだ診察中なのよ?」

「そうですけど、とにかく一度。」

舞は首をかしげながらも、彼女の先導についていった。


受付フロアに降りると、いつもは多くの患者たちに混じってスイスイ動き回っているはずのELISが、不自然な位置で停止している。

「15分ほど前からなんですけど、ほとんどがこんな感じで。」

「ほとんど全部なの?」

手近にいた1体のELISに近づいてみると、確かに平時ではなさそうな赤いネオンカラーでエラー表示が出ている。人の気配を認識したのか、ロボットは曲面液晶パネルで覆われた顔を舞の方に向けて、喋った。

《BLOOD――この通貨での支払いを受け付けることができません。》

「なんですって？」

それ以上、ELISからの返答はない。とにかくBLOODが使えないらしい。確かに何かの異常だった。

病院のセカンドオピニオンと会計を担っていた25体のＡＩは全て停止。この未曽有の事態の復旧に、どれくらいの時間が必要なのだろうか。機械は修理を待てばよいが、人間は違う。

「……確かに、困ったわね。」

「そうなんです、このままじゃ会計事務に支障が。」

会計が出来なければ、処方箋は出せない。処方箋が出なければ、患者に必要な診察が出来たとはいえない。第一これでは、患者が所有する診察記録（ポータブル電子カルテ）も正しく配布されるかどうかも怪しい。

辺りを見回してみると、他のELIS達の周りにも異常に気がついた医師や看護師、スタッフがまばらに立っており、いずれも苦慮しているようだった。舞は、とても面倒な事態が起こっていることを感じ、顔をしかめた。

全ロボットが、機能停止状態となった。同時となると、個々の故障ではないことは容易に想像がついた。これがただの動作不良ではなく、悪意を持った何者かの攻撃によってなされたものであったとしたら……。

入出金が出来なくなる「症状」については、舞には少しの心当たりがあった。


「ランサムウェア（コンピューターウイルス）、とかかしらね……。」

「ウェアがなんですか？　洋服？」

舞の呟きは、そばで様子を見ていた准看護師の女性に聞こえたようだ。しかし、彼女はその単語に全く聞き覚えがないらしい。

「ウイルスの一種よ。」

「えーっ、この子達、感染しちゃったんですか？」

舞が可能性を示したことで、彼女は安心したようだった。いかにも解決策を教えてくれるだろうと言いたげなトーンで尋ねてきた。

「どうしましょう、先生？」

と、言われても舞の知識もそこで終わりだった。出来ることといえば、ELISのエラー表示を、眺めることくらいだ。

医師は人体の専門家であって、機械の専門家ではない。そのため、医師達が病院の経営に携わったとしても、院内で使用するＩＴ技術の理解促進やセキュリティ強化が、経営の優先的な課題となることはなかった。

医療用ＡＩの採用において、最も関心が高いのは「正しい診断をより早く下すためのアシスタントにＡＩが成り得るのか」であったり、「会計処理、カルテ処理が迅速になされるのか」といったこと位だった。

もちろん、システムエラーが起こらないことが前提である。ELISの効率的な使い方の半分もマスターしていない医師達は、舞を含めてそう珍しい存在ではなかった。異常がない時は、それで十分なのだ。

「……管理業者に連絡しましょう。」

ELISは胸についている赤いランプを規則正しく点滅させるばかりで、微動だにしなかった。

感染する異変

かれこれ、10分が経とうとしていた。

手のひらサイズのBLOOD決済端末を、スタッフが持ち上げたり、ボタンを押したり、ケーブルに繋げてみたりしていたが、何度やっても、動かなかった。

ハナは片手でスマホを持ったまま、自分の前でおろおろしているスタッフを見かねて、声をかけた。

「どうかしたんですか？」

「おかしいんです。……決済アプリが反応してくれないんです。」

男性スタッフは、ハナに目線を合わせることなく言った。

電源ケーブルを確認したりＵＳＢポートを見たりしているが、良い解決方法はないようだ。

時間ばかりが過ぎてゆき、ハナの後ろには行列が出来ていた。並んでいる人たちにも徐々に不満の声が高まりつつある。その空気を感じ取ったためか、結局スタッフは、BLOODではなく、日本円で支払ってもらうことで乗り切ろうと決めたようだ。

ハナは、段ボールで作られた即席の募金箱に、財布の中にあった小銭を全部入れた。

ようやくコンサートスペースを出ても、ハナはまだ納得がいかない気分だった。

「……変なの。」

歯切れの悪いもたつきを感じながらも、ハナは、活気のある会場内を歩み進めた。

フリーマーケットスペースで中古のタブレットに気を取られハナは立ち止まった。

隣のアクセサリーショップでは、今まさに会計を終えようとしていたカップルが何やら戸惑っている。

「BLOODが使えないって、どういうこと？」

牧村は雰囲気を悪くしないように気を付けながら、店番の女性に法定通貨5000円札を手渡した。既に5、6分は待たされていたために、他に選択肢はなかった。

代わりに差し出されたのはキレイなカッティングが特徴的なクリスタルガラスのネックレス。

「すみません。なんか、機械じゃなくて、取引システムの方がおかしいっぽくて……。」

「取引システム？　ほんとに？」

牧村は、思わず眉を寄せた。

BLOODの決済システムアプリを作成したのは、日比谷に自社ビルを構える大手仮想通貨取引所『TAIN.V&C』だ。国内の仮想通貨トレーダー達の間で、安い手数料と使いやすいユーザーインターフェースで人気を博している。牧村も、アカウントと取引用口座を持っていた。

もちろん、年に何度かはアクセス過多に見舞われることもあった。だが、強靭なサーバー環境が構築されており、基本的には、３００万人をも超える利用者の同時アクセスにも耐えられる作りとなっている。

アップデートに備えたバックテスト中という可能性も、もちろんない訳ではなかった。だが、仮想通貨取引所のほとんどは24時間、３６５日、稼働している。休日の昼時にメンテナンスとは、考えにくい。

それか、よほどの緊急事態である。安価な機器の接続不良と考える方が納得いくのだが、この場で理由を解明するには情報が少なすぎた。

牧村はお釣りとして手渡された数千円と小銭を受け取った。

「ホントすみませんでした。ありがとうございまーす。」

――それにしても、BLOODのイベントで、BLOODが使えないなんて……。

せっかくの電子通貨なのだから、会計ぐらいはスムーズにしてほしいと、牧村は思った。


「ありがとう、なおくん。」

「どういたしまして。ごめんね、手間取っちゃって。」

「大丈夫！　ね、どう？　似合う？」

彩がネックレスの鎖を軽くつまんで、自分の首元まで持ち上げた。

「そりゃもう！」


ほめ言葉に被さる形で牧村のスマートフォンがけたたましく鳴った。

「あ、ちょっとごめんね。」

彩から距離を取って、『剣来』と表示されている発信元を見た瞬間、刑事のカンとでも言うべきものだろうか。何の予兆だか分からないが、嫌な予感があった。

牧村は、通話ボタンを押した。


「牧村か？」低い声は紛れもなく先輩だ。

「……お疲れさまです。」

マイクに顔を近づけて声を潜めた。

「非番に悪いな。良い知らせと悪い知らせ、どっちから聞きたい?」

ハリウッド映画のような台詞だ。悪い、という割にはむしろ朗らかな調子で尋ねてくる。プライベートで電話をかけあうほどの関係ではないため、ある程度、察しはついた。


「良い方で頼みます。」

「11時57分、インシデント発生。招集だ。」

インシデント。セキュリティ関連の重大かつ危機的事例をそう呼ぶ。

いわゆる「事件」のことだ。


「それ……良い方の知らせ、ですか?」

「正確には、大規模な事件性が疑われており、現在、裏を取っている最中だ。だが、ほぼ間違いない。本件については、解決したら大手柄だ。」

牧村は咄嗟に彩の方を振り返った。心配そうな顔をしている。

デートを切り上げるのは残念だが、事件があるのだからやむを得ない。

誰も解決できないようなサイバー犯罪を自らの手でキレイに解明してみせるために、牧村は警視庁サイバー犯罪対策課に志願した。剣来に「大手柄」とまで言わしめる事件だ。解明しづらい手段や適用されたことのない新しい罪状。張り切るに値する事件に違いなかった。

日々進化するサイバー犯罪には、どんな罪を課すべきなのかという前例がない事案も多い。捜査によって意義のある検挙例を作れば、それが将来現れる犯罪ハッカーを迅速に裁くための枠組みともなるのである。

サイバー捜査官としての腕の見せ所だ。


彩に対する若干の名残惜しさを振り払って、牧村は気持ちを切り替えた。

「全力でやります！」

「で、悪い方なんだがな。その事件ってのは……。」

「あ、はい。」

牧村はポケットから手帳を取り出して、剣来が口頭で説明する事件の概要をメモしていく。


情報元であるSNS。事態が発覚した時刻。被害の発生場所。

1行、2行と、素早く走らせていたペンが、ふと止まった。

あまりの衝撃に、ペンがついていかなくなったのだ。

いささか薄っぺらいものではあったが、警察組織の人間としての責任感とプライドが、牧村の意識をかろうじて保たせている。緊張と混乱の中、牧村はメモの続きをとった。


「以上だ。」

「了解、しましたっ。」

声がかすれ、うまく出ない。

通話を終えた瞬間、強烈な脱力感に襲われ、牧村は思わず天を仰いだ。

誰か、嘘だと言ってくれ。

「俺のBLOODぉぉぉおおお！！！」

◇◇◇◇◇◇◇◇◇◇◇◇

お手本にしたくなるほどの悲壮感たっぷりの絶叫だったので、ハナは素直に感心した。

——BLOODが、なに？

膝から崩れ落ちた青年を横目に見ながら、何か情報がないかとハナはＳＮＳを開いてみた。『BLOOD』という文字がトレンドの９位に上がっている。最新ツイートは見るからに不穏だった。

＃BLOOD使えない、下ろせない。
え。待って病院待たされすぎてて草＃BLOOD
薬局が帰らせてくれない件について＃BLOOD使えない
＃BLOODの決済不具合俺のとこだけ？
＃BLOOD使えないって何？　薬局すごい混んでる
送金が出来ないんだが？？？？？＃BLOOD
ただの風邪だけど熱出て辛い上に会計待たされて病院に軟禁とかなにこれ。強制入院？＃BLOOD
まずい流れきてんね＃BLOOD

暴言や罵詈雑言は少ないものの、今にも炎上しそうな気配だ。まさにお祭りが始まる前のようなワクワク感がハナの心を刺激した。
自分の知らないところで、何かが起こっている。

「アッシュ、該当キーワードに関連するニュース出して。」

《了解！　『BLOOD』に関する最新のニュースはこちらです！》

アッシュがすぐさま表示したのは、国内の大手映像メディアが配信するニュースサイトの動画だった。

女性のアナウンサーが真剣な表情でカメラを見据えている。

『速報です。さきほど、大手証券会社の運営する仮想通貨取引所『TAIN.V&C』にて、取り扱い銘柄であるBLOODが、日本円にして約４３８億円分流出した可能性があることが分かりました。』

ゼロデイ

☆☆池峯とら@経済のツイートより☆☆

TAIN.V&C、取引所鯖落ちに続きHPダウンした模様。取引と送金は不可能で、BLOODが大量に移動した形跡に関する公式アナウンスなし。雲行怪しく続報を待ちたい。なう。

実際、流出疑惑の情報が流出するまでには、1時間もかからなかった。

早かった原因は、多くのフォロワーを持つ著名な仮想通貨市場の評論家に匿名でDMが届いたことだ。取引所のサーバーがダウンしている状況を確認した評論家のツイートで、ネットのトレーダー達がざわつき始める。

その内に、誰かがBLOODの送金記録ページをスクリーンショットした画像を投稿し、事態はほとんど決定的だとマスコミが取り上げ、本格的な大騒ぎに発展、というわけだ。

『TAIN広報は問い合わせに対して「現時点では回答できない」としています。BLOODの開発を手掛けているARASHIMA財団は先ほど声明を発表し、BLOOD自体の仕組みとセキュリティに問題はなく、被害もBLOOD発行枚数全体の２％程度に留まることから、ハードフォークなどのルール変更等、救済措置は行わない考えを示しています。』

マスコミはスクープの情報収集に躍起で、TAINがコメントしないのは不誠実であるという論調を取っていた。TAIN側からすればコメントする気がないのではなく、コメントできないのである。

隠しきれない大規模な流出事件だからこそ、考えなければならないことは山のようにあった。

攻撃の種類、出金、送金、売買の正常性、顧客の個人情報流出の有無。

従業員への周知徹底、対応策の指示。

周辺機器の感染確認、他通貨の安全確認、感染拡大の防止策の確認、想定されうる二次被害の対策。

問い合わせの対応、顧問弁護士との相談、関係各所への連絡、その他諸々……。

原因は不明ですが流出してしまいました、などという発表で利用者が納得するはずもない。そのため広報をすぐに行うのは不可能だった。

それでも14時には、TAINのSOC（セキュリティ・オペレーション・センター）マネージャーの鹿野佳孝《かのよしたか》という男が、サイバー犯罪対策課を訪れていた。聞き取りにあたったのはサイバー犯罪対策課の剣来と牧村だ。

「インフラストラクチャとアプリケーションに対する大規模なＤＤｏｓ攻撃（妨害行為）です。」

フロア内の簡素な会議室に通された鹿野は、ＰＣを広げて硬い表情で話し始めた。

「アラームはならなかった、と？」

一応、常識的なことを剣来は聞いてみた。

「周回させていた監視用ＡＩをジャンプした大量のデータに制圧されて、３分足らずでBLOODの送金を完了しています。」

「……なるほど、相手はツワモノですね。」

高レベルのハッキングＡＩを使用して、かつ、その学習経験を最大限活用するための高い演算機能を備えている可能性があった。

要するにセキュリティ対策に敏感な金融機関の優秀な門番の目を盗んで、大軍勢を素早く侵攻させることに成功した軍師（犯罪ハッカー）がいるのだ。

「……恐らくはゼロデイの脆弱性を突かれたものと思われます。が、とにかく素早い相手でして。」

鹿野はため息をついて、BLOODの送金記録ページにある不自然な大量送金の痕跡を見せた。

「ARASHIMA財団と協力してBLOOD専用に構築していた自前のセキュリティプログラムが、完全に押し負けた状態でして、センターにあったサーバーはクラッシュ。御覧の通りです。」

「セキュリティ対策に不備はなかった、と考えているわけですか？」

剣来は、重ねて確認する。

もちろん、不備があろうとなかろうと、やられるときはやられるのは承知の上だった。

「幸いと言いますか、当然と言いますか、あー……顧客資産の92％はもちろん、マニュアル通りオフラインのコールドウォレットにありましたが……。」

鹿野は自分で話すうちに現状に絶望したのか、どんどん歯切れが悪くなっていく。

「が？」


牧村が、苛立ちを隠そうともせず語尾を拾った。

疑わしきを今にも罰しそうな勢いであった。

やはり同席させない方がよかったかもしれない、と剣来は思った。

「その、出金を検知したＡＩは、すぐさま遮断しようとしたようなのですが、えー、間に合わない速さで社内ネットワークの一部に侵入し……ウォレットからの送金を許可するためのＰＣがランサムウェアに感染してしまった、といった状況です。」

「ほぅ、ランサムウェアに……。」

状況を分析しながら、剣来は静かに息を吐いた。

「では、犯人から何か？」

個人的にも事件を解決したくて仕方がない牧村も、身を乗り出してその単語に食いついた。


ＰＣのデータを勝手に暗号化してしまうランサムウェア（コンピューターウイルス）を送り付けてきたならば、犯人はデータの正常化と引き換えに身代金を要求してくるのが想定されるパターンだ。

一度流出してしまったBLOODを取り戻すのはかなり困難だ。しかし、ランサムウェアならば、アンダーグランドの情報、犯人からの被害者への接触、換金や引き出しのタイミングで手掛かりが見つかる可能性もあるのだ。

「まだ犯人からのアクションはありません。しかし、復旧を妨害する攻撃は続いています。」

「トラフィックの発生が、流出後もあるって？」剣来は首を傾げた。

BLOODをいただいて、ランサムウェア感染までさせた。

ならば、取引所に留まっている必要はないのではないか。

この手の犯罪は、すぐさま立ち去るのが普通だ。

「断続的に観測されています。データセンターのエンジニアが午前中1度復旧を試みたようですが、断念せざるを得ませんでした。その為、無事なPCは緊急隔離しています。」

鹿野は言った。

予断を許さない状況であるのは間違いなかった。

「感染が広がっていることはないわけですか？」

「当社所有の内18台以外は、問題はないと思います。ただ、迂闊にネットワークにつなぐわけにはいきませんので、現在はエンジニアとセキュリティAIが対応策を練っているところです。顧客保護と二次被害防止のために……えー、出来ることを、しています。」

精一杯の努力をアピールするように少し胸を張ってみせたが、鹿野の顔はどう見ても憔悴しきっている。

「ランサムウェアのパターンは把握していますか？」

牧村がほとんど取り調べのような勢いで鋭く尋ねた。

剣来は、あえて後輩を止めずに、鹿野の表情の移り変わりを見ていた。誠実で丁寧な仕事をしそうな人物に見えた。事件で混乱はしているようだが、信用できそうであった。

「えっと、ですね……。えー、今の段階では、ちょっと……。」

口ごもる鹿野に、牧村は畳みかける。

「どうでしょうか。現場保全のためにも被害届を早めに出されて、我々がなるべく早く……。」

「あの、刑事さん！」

鹿野は慌てて牧村を遮った。悲壮感に溢れた表情をしている。

「ウチは被害者なんですよ？　事件発覚後からシステムはダウン、ＳＮＳは炎上、個人法人の問い合わせが数千件単位で増大していて、コールセンターもほとんどパンク状態なんです。何十人といる技術スタッフは物理的に社内調査をしながらハッキングへの対策を練っているところです。香港とシンガポールにある支店にも警戒態勢を取るように伝えております。」

朝から抱えてきた緊張と重圧に耐えかねたようで、一気にまくしたてた。

万が一となれば、職を失うどころか、未来永劫、世間から後ろ指を指されることになる。

企業戦士の必死さは本物だ。

「証券会社の方からも細心の注意を払って解決にあたるよう言われております。社員それぞれが業務に追われている合間、私がこうして、状況を伝えに伺っております。弊社のシステムには、お客様の情報とお客様から預かっている大切な資産が詰まっているのです。もちろん、被害届を出すことも検討しております。なので、捜査令状を出して、家宅捜索なんてこと、ありませんよね？」

すがるように目の前の刑事2人を見つめる。

「いや、でも。」

ところが、隣の牧村が怒りに燃えて言い出しかけた。

「……それは、段階が違う話ですから。」

剣来は、とりあえず遮るために適当に言葉を並べておいた。可哀そうだとは思ったが簡単に同調するわけにもいかないので、剣来は表情を引き締めた。

大事になっている以上、企業側にも圧力はかけておくべきだが、あまり怯えさせては協力してくれるものも、してくれなくなってしまう。

「利用者とそちらの個人情報は尊重するつもりです。ただ警察としては、やはり情報の共有をお願いしたい所です。」

ゆっくり話しかけると、鹿野は素直にうんうんと頷いた。

状況を説明した事で多少はすっきりしたようであった。

「では、体制が整い次第、正式に被害届を提出しにまいります。」

出されたお茶には手も付けず、力ない様子で鹿野は席を立った。


「……何が顧客保護だよ。内部犯の横領ってこともあるだろうがっ！」

鹿野が乗ったエレベーターの扉が閉まった途端に牧村が感情をぶちまけた。常ならぬ気合いの入った眼差しで剣来に詰めよってくる。個人的な憎しみにもかられている感じだ。

「今すぐしょっぴきましょう！」

「証拠がないのに立件なんかできるか。まぁ落ち着け。」

企業犯罪、内部犯というケースはあり得ないことではない。

とはいえ、私事で感情的になっている牧村の推理を信用できるはずもなかった。

「俺のBLOOD……。」

牧村は剣来から顔を逸らすと、虚空に視線を向けて誰とも知れない犯人を睨みつけた。

「冗談じゃないっすよ！　マジで！」

剣来はため息をついた。

「庁内で不穏なことを叫ぶな。」

◇◇◇◇◇◇◇◇◇◇◇◇◇

「剣来警部～。」

剣来たちの立っていた長い廊下の端から、張りのある声がした。

「梶宮さん、何か分かりましたか。」

同じ第2班の梶宮真吾《かじみやしんご》が捜査資料を手に歩み寄ってくる。

民間のセキュリティ会社から転職してきた。捜査官としては剣来の1年後輩にあたるが、6歳年上で知識面では十分頼りになる。

「データセンターの担当者によると、TAINへのDDoS攻撃は、おそらく国内からだろうってことでした。解析結果を確認したのですが、私も同様に思います。」

「根拠は?」

剣来が問いかけると、梶宮は自分の意見についてまだ迷っているような顔で資料に目を落とした。

「通信負荷の規模が少し異常なんです。」

「どれくらい?」

「35ペタビット毎秒です。」

「……なにそれ。スパコン?」剣来の横にいた牧村は真顔で突っ込んだ。

2016年10月21日に米国のインターネット管理企業が受けた断続的なDDoS攻撃(妨害行為)の通信負荷が1.2テラビット毎秒であったことを考えると、比較にならない大規模な情報の洪水がTAIN取引所を襲っていたことになる。

一般回線でも18GBの通信速度が実現するようになったが、家庭用パソコン数十万台集めても、ようやく10ペタビット毎秒である。国家技術の粋を集めたスーパーコンピューター『京』には遠く及ばないものの、それでも膨大な通信であった。

取引所のBLOOD流出から約3時間。

秒速、ならぬ京速の処理を求めるような大容量データ送信を可能にするには、少なくとも50万台以上の電子機器を管理下に置く必要がある。それほどに巨大なボットネット（ウイルスネットワーク）が国内に構築されているということなのだろうか。

「DNSサーバーのリフレクション（反射）で増幅されているとしても、海外経由ならこの量と速度と正確さは実現できないと思うんです。で、問題は、どこの誰が指示しているかってことです。リスク管理意識の高い金融機関のセキュリティに勝る演算処理。ハッカーでもかなりのクラスの者と思われます。それか……都内の高度ＡＩが乗っ取られたか……。」

「なるほど。たしかに高度ＡＩの乗っ取りはあり得うるな。」

剣来は大きくうなずいた。

遠隔操作というのは実際、４つの漢字を順番に並べるような簡単な技術ではない。

金融機関が過去、狙われたケースでは、電子情報が行き交う大都市圏での演算処理に耐えられる高性能ＡＩがまず捕まえられる。そして、それを足掛かりにされるというのが、ここ１、２年流行している。
ＡＩの乗っ取りさえ完了してしまえば、犯罪ハッカーがＡＩにやらせることは、昔彼らがやってきたことと同じだ。ネットにつながっているＰＣのどれか１つをホストにして、遠隔操作するためのマルウェア（不正プログラム）をばらまかせる。会社内で、１つのＰＣを感染させると、そこからその会社内の別のＰＣへと、そして取引先のＰＣ、さらに個人で使用するＰＣへと、枝葉が伸びるように感染していく。それをＡＩが全て自動で行うという構図だ。

「高度ＡＩの場合は、学習も早いからなぁ。」嘆くように剣来は言った。
ＡＩに感染手法を任せられるようになったことで、サイバー犯罪は爆発的に増えた。高度ＡＩがハッキング経験を積むように命令されていた場合、感染が拡大すればするほど通常のセキュリティプログラムでの検知は難しくなる。ＡＩが新型のマルウェアを次から次へと生成してしまうのだ。事態の早期収拾を望む被害者の立場に立てば、あまり考えたくない展開だ。

「マイニング企業か、どこかの研究所ってところでしょうか。剣来警部は、どう思いますか？」

性能の高いＡＩを抱える企業は、都内だけでもかなりの数に上る。

「……精密機械を設計する３Ｄプリンター業者なんかも、あるからな。どうだろうか。」

剣来は、少し考えて意見した。

２０２５年現在、３０００万の人口を抱える巨大都市東京には、TAINをはじめ多くのフィンテック（金融ＩＴ）企業が集まっていた。

マルウェアを寄せ付けないための対策はあるのだが、様々な要因で環境を整えるのは困難な組織も多い。そのため、一度感染するとなると、一気にやられてしまうのだ。

それでも短期間で数十万台をも感染させるには、相当な技術力がないと出来ない。感染源となったコンピューターについても、ある程度大きな組織が所有していなければ、こうした事態にはなりにくいだろう。

「となると中小企業よりは大企業か……。それにしても、目立ちすぎる。」

剣来は呟いた。

「私もそう思います。ボットネット作成ＡＩが購入されていたのなら、闇サイト、ダークウェブにその評判が上がってもよさそうですが、今のところ、それらしいものもありません。」
梶宮が鋭く目を光らせる。
「攻撃してきている奴らの、自前ってことですか。」牧村が問いかける。
「今時珍しく、クリエイティブな連中だな。」剣来が同調するように言う。
「よほど、コードを隠すのがうまいんでしょうね。」梶宮が言った。

都内の電子機器が相当以前からワームを取り込んでしまったというなら、セキュリティ関連会社などから感染についての電話が鳴ってもよさそうだった。しかし、ここ数日それらしき情報はなかった。

誰も気づけなさそうなところに隠しコードを仕込む精緻な技術。演算量のパワーにあかせた有無を言わせないＤＤｏｓ攻撃。ゼロデイの脆弱性を突いたと思われるランサムウェア集団感染の抱き合わせ。近代サイバー攻撃の妙をよく心得た犯罪パッケージだ。背景には熟練のハッカーか、それを擁する集団の存在も否定できない。

「監視している犯罪ハッカー集団に動きがないかどうか、各国に照会し、洗い出すことにしよう。」
「了解です。」梶宮は軽く敬礼して、その場を立ち去った。

その姿を目だけで追っていた牧村が、念のために聞いておきたい、といった様子で口を開く。

「量子コンピューターって、まだ実用化されていないですよね。」

「だとしたらもっと速いだろ。」

剣来はばっさりと切り捨てた。

どんな企業も開発しえなかった、ニュースにもなっていない未知の技術による攻撃という推測は思考停止を招きかねない。

「実際の犯行の多くは、今まであった技術の中の何かしらを応用して人の目を欺いているだけだ。その方が技術的にも資金的にもよっぽど手軽に済む。」

「ちょっと、言ってみただけです。」

「それに、経済評論家のＤＭがあったんだろ。」剣来が言う。

「３日前に作られたアカウントだったみたいです。ＤＭが読まれた後に、ＳＮＳを退会しています。」

「……事件の発生を、自分でリークしたってことか？」

「タイミング的には、そうですけど。」

剣来に尋ねられた牧村は、すぐに結論を出せなかった。

世間や警察の注目を自分から集めに行くなんて、百害あって一利なしだ。

「接触を待ちながら手がかりを探すぞ。ランサムウェアは換金で足がつく可能性だってあるんだ。意外とそこから洗えるかも知れん。」

「……絶対に検挙してやりますよ。」

捜査官たちは、少し輪郭が見えたばかりの謎の正体を捕むため、捜査室に向かった。

女子高生による追跡

『こちらTAIN証券会社の前ですが、今のところ従業員らしき人の姿はまばらです。流出があったのかどうかについては事実確認を行っているとのことで、代表者による詳細なコメントや会見の予定などは発表されていません。』

ＴＶ画面の向こうでは、大きなビルを背景に真剣な表情をした女性アナウンサーが実況を続けている。

「うん、大変そう……。」

それを見るともなく聞くともなく、ハナは電話口の向こうにいる母の連絡に相槌をうった。

「……とにかく処理が追いつかなくてね、ウチだけじゃなくて他の病院もそうらしいのよ。今日は帰れそうにないわ。」

「分かった。」

◇◇◇◇◇◇◇◇◇◇◇◇

ハナは、無性にそわそわした。

体の中から湧き上がってくる瑞々しい欲求に抗うことができない。いくら冷静になろうとしても、日頃の勉強の成果を試すときがついにやってきたのだという考えで脳が研ぎ澄まされてしまうのだ。

病院のランサムウェア（コンピューターウイルス）感染、証券会社のBLOOD流出、それに伴う決済システムの不具合。リアルタイムでの事件、そう滅多にあるものではない。

インターネットを漂う情報の流れは誰にでも平等だ。謎に挑戦するのも自由だ。誰かの邪魔になるわけでもなし、観察ぐらいは許されるだろう。ハナは誰からも制止されることなく動き始めた。


病院の様子を少しチェックしてみるだけだから。

誰に言うのでもない言い訳を自分のために用意していた。脳内では、ああでもない、こうでもない、と過去の事例のおさらいが始まっていた。解決策を探す気満々だった。

「よしっ！」

何とも言えない高揚感に満たされたハナは、後ろを振り返った。

カーテンがわりの白い布を、さっと取り払う。壁一面のシルバーラックに整然と並んだ筐体が、静かに駆動している。自家用のＨＰＣクラスター。簡単に言えば複数台のコンピューターをつなげた高性能計算機、自家用スーパーコンピューター（スパコン）だ。

もちろん、国家事業に使用されているものに比べれば、性能は比較するまでもない。だが、個人が使うものとしては、かなりのスペック（性能）だ。


父が日本に来て、手ずから設置していった。困ったら好きに使っていいと言って父は日本を発った。ハナの養育費がわり……とは両親のどちらにも言われていない。だが、ハナは勝手に確信を深めていた。ハナは、普段、この機材を仮想通貨のマイニングに使い、報酬を備蓄している。

——要するに、今だよね！


「さて、アッシュ。」

ハナの呼びかけに、４ＫのＰＣモニターがひときわ明るく光って反応した。

《クラスターとの同期を完了しました！》

新規のウィンドウが立ち上がる。

少しギークなデザインの制服に身を包んだグレードアップしたアッシュが、コンピューターシステムにつながったことを元気よく報告する。

《ネットワークシミュレーション、自動暗号処理プログラム、簡易駆除パッチ生成プログラム、どれも正常に動作しています。》

二次元の中の女子高生の表情、発音、アニメーションはすごく滑らかだ。流石の計算力で処理されて、「アッシュ・クラスター」の調子は上々のようである。

ハナは、一つ咳払いして、少し芝居がかった感じから始めることにした。

「これは訓練ではない！」

《了解しました！》

「ELISシステムの状態を表示して。」

《抽出したサンプルのプロセッサは正常です。ユーザー用アプリケーションの応答があります。》

アッシュ・クラスターの報告に、ハナはため息を吐いた。

「アッシュには、そう見えてるかもしれないけどねぇ……。」

ELISから読み込んできたデータは、読めたものではなかった。

システムのGUI（操作性）こそ保たれていたものの、ほとんどが特殊記号と半角文字の並ぶフォルダ群、ファイル群になってしまっていた。

《言語設定は、私のところで一度直したんだけどな。》

「んーダメ、文字化けしていて読めない。」

位置的にはローカルディスクかもしれない……と思えるものもあったが、ハナがぱっと見ただけであったため、確証はない。どこに何があったのか、もはや病院関係者にも分からないだろう。

ハナは背もたれに寄りかかって、ため息をついた。

ランサムウェアに感染したら、解決するための代表的な選択肢は2つ。一縷の望みをかけて犯人の指示に従ってみるか、既存のランサムウェア駆除ツールを当てるか、だ。

もっとも、指示に従ったところで暗号が解除される保証はない。ましてや、新種または亜種だった場合に駆除ツールがどこまで通用するのかは適用してみないと何とも言えない。

《ELIS-AIからの応答はありません。》

「マジかー。」

《うん、返事こないんだよー。》

「まずいね……。」

ハナは、目を細めた。

OSからアプリまで、プログラム全体のオペレーターであるＡＩの記録が確認できないのは、かなり深刻な状況だ。

ＡＩに到達するためのプログラムが書き換えられているか。ＡＩとの通信が遮断、偽装されているか。ＡＩ自体が乗っ取られているか。


いずれにせよELISが暗号化されたシステムの向こうに閉じ込められているとなれば、ハナが利用できる情報は相当限られる。既存のスキャンクリーニングが効かなければ、いよいよアッシュ・クラスターのシミュレーションを使った力技に頼らざるを得ない。ただ、そうだとしても、ハナには追跡を長引かせるわけにはいかない理由があった。


電気代だ。

出来れば、今月のマイニングでペイできる範囲内に抑えたい。そうでないと舞に怒られるのだ。正直その辺がどうなるかは、どれだけ効率的な作戦をハナが思いつくかにかかっていた。

《どうしようか、ハナ？》

「……ちょっと、待ってね。」

指示がなければ、アッシュは動かない。いくら優秀なＡＩであっても、「人間の意図を読ませる」のは不可能だ。

例えば、金庫のある部屋が何者かに荒らされたとする。

部屋の形跡を見た時、人間ならば「金庫に異常がないかどうか」「荒らされた痕跡がより大きい場所で何か盗られていないか」を優先的に確認するはずだ。ところが、リスク対応学習の済んでいないＡＩは、そうはいかない。金庫と部屋のゴミ箱の重要度の違いが分からないため、部屋の中のチェックしやすそうなものから手当たり次第にチェックしてしまう。

要するに、アッシュに的確な指示ができなければ、ちょっとした挨拶のためのテキストからブロックチェーンで管理されている電子カルテまで、地道に１つ１つ異常がないか調べさせることになってしまうのだ。

今まさにハッキングされていて、解析スピードが求められる時にそんな調子ではいくら演算リソースがあっても足りない。相棒のＡＩは多少頼りにはなるが、やはり正解への道は自分の力で切り開かなければならないのだ。

ハナは目を閉じて、集中する。


日頃の演習とは段違いの緊張感が、指先から立ち昇ってきた。

電子と電子のやりとりの向こうに、誰かがいる。

有線キーボードの先にある端子。マザーボードにつながる電源ケーブル、地中に埋められた光ファイバー。これらの配線を通して、ハナと何者かがつながっている。


この線と、画面の向こうにいる誰か。


解けないはずだ、やってやったと嘲笑っているもの。

悪魔でも神でもない。知らないことを知っているだけの人間。

人間が作ったものは、人間に解けるはずだ。どうにもならないことはない。


深く、長い息を吐いて、ハナはELISの中にある犯人の影を探した。

セキュリティホールを突かれてデータが汚染されてしまった場合でも、犯人が攻撃する手順にはいくつかのパターンがある。

──それさえ見つけられれば。

「病院のランサムウェアが動作してから、どれくらい？」

《3時間くらいかな。正確には判断できないけど。》

「犯人から要求らしいものがないなら、バックドアは使われずにそのままかな？」

起動しているELISをオンタイムに掌握するためにも、通信や攻撃コードが適宜送られてきている可能性は高い。どこの誰とも知れない匿名者が通信に使っているドアを見つけ次第、待ち構えるのがハナにとっては一番簡単だった。怪しいのは直近でダウンロードされた何かだ。

だが、履歴は当然のように消されている。よって、汚染環境でコマンドがすんなり通っていく経路か、あるいはアプリの実行を執拗に妨害するコード。ELISになさそうなファイル群を地道に探していく。

「あった。」

すっかり無法地帯に様変わりしたELIS内のプログラム。

ハッシュ値を眺めると、妙な拡張子をバラまいている親玉のような隠しファイルがハードドライブの片隅に見つかった。ウイルス本体はメモリの中に亡命しているものとばかり思っていたが、意外にも簡単に見つかってしまった。

怪しげなファイルを普段のスキャンで見逃してしまうとは。ソフトウェアのアップデートがなされていない可能性が高い。一抹の不安を覚えながらハナはELISシステムに関る既知の脆弱性をアッシュにスキャンしてみせることにした。

《既存のウイルス検体に合致する挙動はありません。》
「新種ってこと？」
《まぁ、そうかな。一応リストを出すけど、30％以上似ているものは次の５００件だよ。》

マルウェア（不正プログラム）は、1日に40万件以上の新種が発見されている。新種だと言われれば頷いて解決策を探すほかに選択肢はなかった。

――簡単に終わっても、つまんないしね。

アッシュの報告を横に置いて、ハナは目の前の画面を流れていくコマンドの挙動に含まれる既存のランサムウェアとの類似性を検討していく。

データの一部が暗号化されているばかりでなく、病院側で立ち上げたままのソフトウェアが、ＣＰＵのパフォーマンスを著しく下げていた。

《ドキュメントに暗号化ファイルを確認しています。》

タイトルから察するに医療レポートや施設計画と思われるものが並んでいた。

試しにクリックしてファイルを開こうとしてみたが、軽そうな事務用文書アプリを起動するための僅かなリソースすら占有されているためか、「開く」コマンドを完了させる気配は全くといってよいほどなかった。

インターフェース上では、ＭＲＩやＣＴの画像処理アプリのフォルダ群がかろうじて分かる程度であったが、触ったところで微動だにしなかった。

ＡＩユーザーとしてプログラム全体を統括しているはずのELISからも一切応答がない。その一方で、職員の勤務情報や決算書らしきものは無事そうである。

ブロックチェーンで管理されている個人情報やカルテについては、眼中になさそうな挙動であった。病院の情報漏えいを狙ったものではなさそうである。

「しかし、なんで病院なんだろーね？」
《過去の事件では病院を攻撃対象にするケースはあって、別に珍しくないよ。》
――でも、踏み台にしやすい電子機器が配備されているところは他にもたくさんあるのに。

ランサムウェアを用いて脅迫する場合は、病院という選択肢は非情なほど論理的だ。今まさに生死を彷徨っている人がそこには大勢集まってくる。

満足な診察が可能でないと、入院患者の容体急変に対応しづらくなったり、救急患者の受け入れは厳しいものになったりする。BLOODや日本円の処理を行う会計ソフトを含めて、業務に必要なプログラムが優先的に暗号化されてしまえば、病院を機能不全に追い込むには十分ともいえる。

数千人を人質にとったのも同然だ。そのため、金銭要求であるならば、警察に相談する前に病院なら内々で通る可能性も高い。

ハナは首を傾げながらもう一度モニターを見つめた。

――要求は？

ELISのデスクトップ管理画面には犯人からの要求が一切でていない。

ただ「データは管理者に暗号化され、BLOODが使用できなくなりました」という主旨の英文が規則的に点滅しているだけだ。それ以外の表示は見当たらない。「どこに送金しろ」といったものや「あの文書を公開しろ」といった内容のものは何もない。

「変じゃない？」

《他のマルウェアとは似てないね。》

「いや、そうだけど、そうじゃなくて……。」

他の多くの「いたずら」と同じようにハッキングは基本、スピード勝負だ。モタモタしていたら誰かに気づかれ、マークされてしまう。そのため、ウイルスを飛散させたらスッと逃げる。

――犯人の要求は？　どういう戦略なのだろうか？　ログやバックアップの自動削除を待っていたにしても、余りにものんびりしすぎている。要求を書くのを忘れたとか？

《指定の画像処理アプリケーションは応答できないみたいだねー。》

「なぁに、そんなに重たいの？」
《正常ならリソースも使えるだろうけど、この状態じゃあ厳しいんじゃないかな。》
立ち上げに必要な演算リソースが占有されていることは確実であった。
模擬環境とはいえ、演算結果が返ってくるのがこうも遅いと、その間は思考だけが先走ってしまうものだ。手を動かさなければ捕まるものも捕まらない。
まずは侵入するための糸口を本格的に探すことにして、アッシュに話しかけた。
「バックアップはとれてる？」
《ファイル削除関数は正常に動作してるね。ウイルスブロックが試行されないHDDに接続するのはオススメしません。》
つまり、復旧に必要な情報やウイルスを解析するための情報は９割９分が消去済みということだ。
「えー、全部ムリ？」
《残念だけどね。》
「うっかり大事なコードを書き忘れたりなんか、してない？」
《私が現在確認してる限りでは、ない。》
「腹立つー。」

いよいよ、現在のELISから拾えそうな犯人の手掛かりは少なくなってきつつあり、ハナの細い指はキーボードの上をCtrlからP、¥へとあてもなく彷徨った。
ランサムウェアが、プログラムを借用しバックアップを削除したのは想像がついた。
《復元できる可能性はあるよ。でも、どこの時点まで復旧できるかはやってみるまで分からないなぁ。》
「なんとか、全部元通りにできない？」
半分冗談で、ハナは問いかけた。
《それは難しいなー。病院にバックアップがあったとしても、それを保存している機器が既に感染している可能性があるし。》
「数日前に戻せたりとかは？」
《それでいいならやってみるけど、リアルタイムの情報は復元できないよ。》
「具体的には何が？」
《そうだね……心電図とか、酸素供給量とか。》
「あ、じゃあ止めといて。」
《ELIS内で管理者に保護されているデータはRSA式暗号キーにかなり近いと思うけど、演算してみようか？》
「ホント？」
暗号化されて散らばった情報の断片から分析したことは、あくまでも仮説、推測だ。修正がうまくいくかどうかはコードを実行するまで分からない。

——……甘い感じのコードに見えるけどなぁ。

ハナは思考を整理しながら2、3回瞬きした。

問題はこのウイルスを駆除した先に何がいるのか、だ。

システムがランサムウェアに感染していて、かつＡＩと通信できないことに関しては仮説があった。実例もある。

「復号はできそう？」

《途中で邪魔が入ったりしなければね。》

「じゃあお願い。それと。」

システムが難読化、暗号化される過程をリアルタイムで捕捉すれば、解読のための手掛かりを得ることができるかもしれない。セキュリティチェックツールの悪性コード検索にも反応しないよう工夫されてはいるが感染の基本的な手順はシンプルだ。

「ＣＣサーバから通信来てた？」

《アプリケーションからのクラウドサービスへの発信はなしです。ＣＣサーバはELIS-AIと接触している可能性があります。》

サンプルとなるＯＳを感染させれば、暗号化の過程を観察するのは難しいことではない。攻撃手法を理解しながら対抗策を打ち出す。

——おそらく出来る。

「じゃ、プランBで！」
《りょーかいしました！》
迷いを振り払うように、ELISの状態を中継していたシステムを停止させた。アッシュは速やかにプログラムの指揮を執り、電子を制御していく。
《プランBを起動しています。ハニーネット防御体制構築、完了しました！》
モニターに表示されたポップアップの向こうには、広々とした真新しい空間が開いていた。

ハニーネット。
ウイルスの振る舞いを観察するノードであるハニーポットに、疑似ネットワーク機能を与えたものだ。本物のELISシステムとネット環境に限りなく似せてはいるが、ウイルスの動向を監視するためだけに作られたハリボテでしかない。
経路情報を分かりにくくするためにアルゴリズムは停止され、内部にある情報も人間から見れば全く価値のないそれらしい断片が並んでいるだけの〝仮想空間〟である。

「逃がさないでよ！」
《任せて。》
訪れたマルウェアの情報は、ひたすら記録されるか削除されるだけで、世界中に張り巡らされた光ファイバー網を経由してどこかへたどり着くことは永遠にない。
出来立てのアドレスからの通信が罠だと気づかないままハニーネットの狭い環境に一度入ってきさえすれば、後は上位層から観測するだけでマルウェアが偽装しているパケットや難読化されたログなどを詳細に記録していく。
――これで、もっと情報が手に入るはず。もしかしたら、再起動せずにELISを修正する方法もあるかもしれない。
「こっちの監視に気づかれないように、細心の注意を払って。」
《もちろん。失敗したら困るのは私だからね。》
「気を付けて。」
《わかってるよ。ヘマはしません。》
犯人に気づかれると、最悪スパコンを支配下に置かれてしまう。ハニーネットを使う時は、気づかせない、逃がさない、侵入させないが鉄則だ。
「私のコンピューターを踏み台にされるなんて、イヤだからね。」
それは、犯人に負けることを意味する。
《PC2との仮想環境でIPCが問題なく制御されています。》
ゆっくりマウスを動かしながら、設定を1つ1つ確認してELISに接続した。
わずかな手汗を、Tシャツで拭う。

——どこからでも、どうぞ。

「きた。」
住人が誰もいない古城の門番にでもなったような気分で、ハナは画面の向こうにあるはずの闇を見つめた。古びた錠前1つで守られている門と自分の前に、得体の知れない何かが集ってきているのが分かる。電子の波が生み出すノイズに紛れて、実体も意志もなく、設定された大義のためだけに行動するデータの羅列。
部屋の中では、静かに冷却ファンが回り続けている。

ほどなくして、見えない軍団の進撃が始まった。
《不正なトラフィックを観測。TrinskAlphaに近い手順で各ポートが侵害を受けています。》
ログの観測画面は見る見るうちに不可解な記号で埋まっていく。セキュリティソフトに検出されにくいよう難読化されているらしい。
《セッションをデコード（復元）します！　ハナ、読める？》
「それなり。」

攻撃スピードは迅速で、手順に一切無駄が感じられない。侵入者は、ELISシステムを知り尽くしているようだった。

セミコロンとスラッシュで区切られたバラバラの情報の中から、相手が何をしたいのかを読み取る。ファイルの汚染状況をよりわかりやすくグラフィック化したツールを見ていると、正常を表すグリーンの点の流れの一本が、静かにかつ迅速に赤く塗り替えられていく。

《画像ファイルに擬態したコードをアプリに展開させています。》

「アプリから、ＯＳまで乗っ取るつもりなのかな。」

ファイルの構成から判断するに、攻撃の主力は１つの標的に向かって進んでいた。

《ウイルスの狙いは、ＡＩみたいだね。》
「ＡＩ？　もしかして、ホントに……。」
ハナは、むしろ感心してその成り行きを見守る。
《あと38秒以内に疑似ＡＩの報酬獲得行為を任意に書き換えられる可能性がありま
す。》
「……やっぱり、ゾンビね！」
アッシュの報告に、興奮のあまり思わず椅子から立ち上がった。
報酬獲得行為の書き換え、つまり、ＡＩの乗っ取り。
《ハナ、正解！　これはマルウェア『Zombi』の特徴的な挙動です。》
予想はついていたが、リアルタイムで出くわしたのは初めてだ。
「うわー、初めて見る……。どんな感じだったっけ。」
《各国でＡＩ洗脳ウイルス、通称『Zombi（ゾンビ）ウイルス』による被害が報告
され始めたのは、２０２3年が最初だね。正常な学習用クラウド・システムからＡＩ
を引き剥がして、悪意のある第三者が行動原理を都合の良いように書き換えるんだ。》
「……第三者によるＡＩへの洗脳が成功すれば、デバイスを掌握するのはカンタン。

ＡＩ自身がそのシステムにとっての『裏切者』になる。」

アッシュの説明を聞きながら、表示されたオンライン時点の情報を読み上げた。

乗っ取るためのコードはＰＣ１台で作成することが出来るために、操る側のコストパフォーマンスも高い。

《内部から、侵入者に管理者権限を譲渡しました。マルウェアを制作し、周りのアプリや電子機器を攻撃し始めています。》

疑似 ELIS-AI が感染していく過程を表すログを、ハナは食い入るように見つめていた。

「ELIS 自身が仲間のふりをして『Zombi』を送り込んでくるんだから、他の ELIS に侵入するのは難しくない話よね。」
《ついでに、ランサムウェアをまき散らすようになってるよ。》
「わぁ、それって性悪っ。」
《お利口さん、って言ってあげてほしいな。第三者の命令をきちんと実行しているだけなんだから。》
アッシュが、困ったように肩をすくめる。どちらの味方だか分からない発言だ。
「でも、普通はそんなハズはないのになぁ……。」
ＡＩがコンピュータープログラムの管理をするようになってからは、ＡＩを保護する設定が組まれている。通常であれば、ＡＩが第三者に洗脳されたりしないようマスターキーで管理されている。ハナも、当然、アッシュにはそのように設定していた。長時間オンライン接続している理由は何なのだろうか。業務的な理由によるものなのか。そして、その隙を突かれたのだろうか。

——例えば、オンライン診療に割り込んで……。まさかね。

ハナは想像を打ち消した。

《ＤＥＳタイプの暗号パケットを検出。公開されているルシファー・コードに39％の類似があります。》

堅実に仕事をこなしていくアッシュの滑らかな電子音声が、ハナの思考をモニターに引き戻す。

「さっきＲＳＡだって言ったじゃん！」ハナは遠慮なく舌打ちした。

《それはサンプルにしたELIS-AIの話。この疑似ＡＩに接触してきたのは違う子だからね、仕方ないよ。》

「うわぁ、そんな個性いらないから。」

『Zombi』で厄介なのは、ＡＩの学習能力と方向性にランダムな数値が振られることだ。感染したＡＩでクラウドを形成しハッキング知識を共有するが、実践的な学習経験はそれぞれで活用し成長していくのだ。

それこそ風邪を引いた時に人それぞれ出る症状が違うように、繰り出してくるハッキング手法はＡＩによって異なる。多くの場合はひと昔前に流行ったマルウェアを少しだけアレンジした悪性プログラムだった。

ただ、それさえ異物として検出できないコンピューターはいくらでもあった。ゾンビＡＩが吐き出すマルウェアの相手をしていると手間がかかって仕方がない上にハッキング経験を積まれてしまうのだ。結局は、ELIS-AIを再教育できなければどうしようもない。


「洗脳、ねぇ……。」

つい数ヶ月前、イギリスの民間セキュリティ研究所がハッキングを行うよう洗脳されたＡＩを再教育しようとして逆侵入を許してしまい、マルウェアに感染させられたという笑えない事件があったばかりだ。

ＡＩを助けるつもりで襲われるなんてミイラ取りがミイラになるようなもの、ＳＦ映画の二番煎じかと、ネットは散々沸き立った。『Zombi』の亜種は既にいくつもの報告があった。ただ、数ヶ月前の事件の結末をもって、今のELIS-AIが攻略可能な相手だと断じることは出来なかった。

けれども、大きな手掛かりが掴める可能性があった。

《対『Zombi』用ファイヤーウォールを生成、汎用マルウェア検知ツールは正常です。》

AIの行動原理を変えることは出来たとしても、短期間で優秀なハッカーとして成長させるためには、膨大なハッキング知識を与え続けなければならない。

「いいよ、探そう。絶対にまだそこにいるんだから。」

通信量が大きくなればウイルスの振る舞いとして検知されるようになる。そうでなくてもハッキングを覚えたばかりのAIが、よちよち歩きで勝手に攻撃を始めるとなると、その形跡は残りやすく、また、単調であることも多かった。

そのため、それを克服すべく、ある程度判断する自由をAIに与え、学習させるのだが、学習手段の方向性がランダムであるがため、必ずしも思うように成長してくれるかどうかは怪しい。民間セキュリティレポートでは、『Zombi』の「効き所」が悪かったために、ループ構造にハマり、自壊したAIがあるとの報告もあった。

ゾンビＡＩを手に入れたら、ハッカーとしての学習経験を積んでもらい、犯人自身はすぐ逃げ出し、後はほったらかしで大丈夫なんてことには決してならないのだ。ある程度自分の思う方向に成長しているか、定期的に通信をモニタリングして、違っていれば、その都度微調整するというのが定石だ。

そうしてたくさんのゾンビＡＩをクラウド上で競争させ、その中から強力なＡＩハッカーが誕生するのを待つ。その修正信号が届くクラウドから伸びるネットワークを発見できれば、犯人へ一歩近づくことが出来るのだった。

《疑似ＡＩが認証されていないクラウドに接続されました。デコイ（おとり）ファイルの送信を開始します。》

「クラウドサーバの通信、絶対に捕まえよう。」

《コマンドは、了解されました！》

背後にあるスパコンのファンが、気合いを入れるように大きな唸り声をあげた。

――いける！　多分……

自信はあったが、初めての追跡なので確証はない。

ハナは黙々と、派手なエラー表示や攻撃コードの陰に隠れて移動している怪しげな情報のカケラを片っ端から捕まえつなぎあわせていく。
「これと、これ……？　違うか……。」
《私のセキュリティで対応できるマルウェアがほとんどだよ。ハナ、安心して実行して。》
「そうかもしれないけど、警戒はしたいの。」
《感情的な判断じゃない？　必要ないと思う。》
何故かムカついた。初めてでも10回目でも、AIには関係ないのだ。たとえ人格があるように見えても、実際は必要な情報を淡々と整理していくよう、プログラムされている。
「いいから演算してなさい。」少し強めに言って、ハナはキーボードを操作した。
《まぁ、君がそういうなら。》
「クラウドへのパスはこんな感じ？」
《残念、違うみたいだよ。でも、落ち着いてやれば絶対にできるから。》
AIのハッキングを間違いなく、落ち着いて、かつ迅速に避けることさえ出来れば、いずれは共有サーバの信号を発見できることが確認されていた。
「だって、攻撃の量が多すぎる。」

《仕方ないよ。ＡＩに、体力や指の制限はないから。疲れたら言って。》

「まだ大丈夫。」とは言ったが、確かに集中を切らすわけにはいかない。

この手法のデメリットは、一手でも対処法を間違えたら感染する可能性があることだ。そうなっても別にこの世の終わりではないけれども、ゾンビＡＩの捕捉は一からやり直しになる。

もちろんハニーネット環境に気づいたＡＩは二度と近づいてくれない。最悪のパターンの場合、調査しているこちら側の情報も流出してしまうことになるのだ。

人間が手打ちで向き合ったのではとても対応できないような攻撃コードの量だったが、クラウドを正確に割り出すまでは引くわけにはいかない。

アッシュ・クラスターが作り上げた防壁の固さを信じながら、ハナはコードの中の謎解きを続けた。

「これでどう？」

本格的に内部に侵入するためのパスを書き込むと、アッシュの反応がすぐに返ってきた。

《クラウド捕捉しました！》

「えらい！　そのままだよ！　そのまま、キープね！」

あとはひたすら潜伏して、犯人のご登場に備えるだけだ。

ＡＩがどんな洗脳をされているのか、ゆっくり調査しながら通信を待つのもいい。

やれることはたくさんあるが、その前に。


限界だった。


「私ちょっと、トイレ行ってくるから！」

最後までしっかり言い終わらないうちに、ハナは慌てて部屋の外へ出た。

BLOODY-Zombi

サイバー犯罪対策課で進捗報告が行われたのは、事件発生から3時間後のことだ。

『仮想通貨BLOOD流出か?』という最初の一報から3時間半後だった。

世間が事の深刻さに気づき始めたころ、16人の捜査官が狭い会議室で、それぞれの捜査状況を説明していく。

剣来の隣に座った牧村は、気合いの入った立ち上がりをみせて口を開いた。

「情報処理機構から連絡がありました。都内にある14の総合病院に配備された『ELIS』と、その周辺ネットワークに接続されている約200体のAIロボットが、マルウェア『Zombi』に集団感染しているものとみられるとの事でした。」

「……あー、病院か。」

会議室の後ろに座っていた捜査官の1人が、今にも頭を抱えそうな口調で呟く。程度の差こそあれ、その場にいた捜査官の多くが同じ思いだった。無論、剣来も同感だった。

犯人側の視点に立って考えれば順当な選択肢で、決して意外ではない。ポータブル電子カルテが普及した今、病院のシステムは、国民の日常生活に関わる重要なインフラとなっている。そのため、病院にはセキュリティ・インシデントに対する防御体制が当然に求められていた。

だが、病院としては、そこに十分な予算を充て、人員を割くことはしていなかった。無理もない話だ。ブロックチェーン技術の普及により電子カルテはポータブル化された。これが急速に普及したため、その速度に追いついていけない病院が数多くあった。

医療にＩＴが持ち込まれ、患者の利便性が向上した一方で、病院は、診療とは別のＩＴセキュリティが課題となっていた。医療事務が効率化された一方で、セキュリティに詳しい人材が慢性的に不足するようになっていた。

カネと時間、人員の問題だった。資源的制約はどこの病院にもあった。当初想定していたものよりも、あまりにカネと時間と人が必要だということが判明し、病院に求められる本来の業務の範疇を超えていると判断した病院経営者が数多くいた。

ただ、これは犯罪者には関係のない話だ。

現状として国内の多くの病院は、高レベルのＡＩリソースを使うことは出来ても、それを守ることは出来なかった。ゆえに、犯罪ハッカーとしては、サイバー被害についての危機意識の高い企業文化を持つ金融機関や軍需産業に直接乗り込むよりは、リスク管理の甘い場所をと考えるのは当然の事だった。

さらに性能の良い迅速なハードと、洗脳できそうな高度ＡＩのあるところ。そうなると、病院ならまさにぴったりとしかいいようがなかった。

牧村の報告が終わると、銀縁の眼鏡をかけた捜査官がソロソロと立ち上がって、細い声で説明をはじめた。

「え〜、署内スパコンの分析結果についてです。これによりますと、証券会社に対するＤＤｏｓ攻撃（妨害行為）については、ＡＩに特徴的な攻撃パターンだという事が見てとれました。攻撃の質、量から判断すると、短期間に洗脳されたゾンビＡＩの可能性が高いということが分かります。え〜、攻撃を行っている主体は、先ほどの報告にあったELISで間違いないものと思います。」

「それで、感染経路は？」班長が報告した捜査官に質問した。

「すみません。分かりません……。え〜、ただ、非常に統制のとれた動きをしています。」

新たな発見もなく、捜査官は報告を終えた。

２００体以上のＡＩにハッキング指示をした場合、クラウドが形成されると、それぞれのＡＩが学習した情報をすぐさまクラウド上で共有する。すると、短期間で多数のS級ハッカーが出来上がってしまう訳だ。

一方、感染した病院の職員は総出で機能停止に陥ったELISの業務をカバーしていた。病院では正に通常業務が優先されており、ELISの修復や証拠のログの保存などは後回しとなっていた。そのため、現時点で、病院関係者に状況の説明を求めるのは、難しい面があった。

また別の捜査官が立ち上がって発言を代わる。

「流出したBLOODを動かした様子は今のところありません。が、闇サイト・ダークウェブや、分散取引所の一部で専用のページが開設されております。犯人側の任意のタイミングで、取引が可能となっています。以上であります。」

「よしっ、監視は継続！」班長は、報告した捜査官に引き続き監視をするよう指示をした。

犯罪ハッカーはネットワークの闇に深く潜るが、サイバー業界は狭い。大規模なグループが形成されている場合は、捜査網に誰かしらが、ひっかかる。金銭目的なら、大金を手にしたことで仲間割れする可能性もあるのだ。

サイバー課といえども、実際検挙できるのは、仮想空間ではなく、現実社会だ。

その後は、証券会社でのランサムウェア（コンピューターウイルス）の詳細な振る舞いやアドレスログの解析結果などの調査報告が数件続いた。現場を指揮する班長が「更なる手掛かりを求めて、各自捜査を続行」と言い放ったちょうどその時、会議室の扉が勢いよく開いた。

「新聞社から連絡が入っています！」

ノックするともしないとも、突然、入ってきた署員に、班長は、怪訝な顔を見せる。

「質問なら、後で会見を開くと伝えろ。」

「あ、いえ、犯人を名乗る者からの声明が、電子メールで新聞社に届いたとのことです。」

「……えっ、新聞社にメール？」

会議室内がざわつく。

最先端ＡＩウイルスを駆使するものが新聞社に犯行声明を出すことを、捜査官の誰もが想像をしていなかった。

「そんな、昭和の企業脅迫事件じゃないんだから。」

剣来の２つ前の席にいた梶宮が言った。

たしかに、梶宮の言う通りで、犯罪ハッカーの連絡手法としては古典的だと剣来は思った。

「何なんですかね。ランサムウェアの要求ならＡＩにまとめてやらせればいいのに。」

牧村が、剣来の方を向いて尋ねてきた。

「さぁな。ＡＩの成長を待つより、そっちの方が速かったんじゃないか。」

「証券会社に侵入できるような技術力じゃ、犯人は物足りないんですかね？」

「ＡＩサーバの通信を必要以上に嫌った可能性があるとか……？」

牧村の質問は、確かにその通りだったので、剣来も首を傾げる。

「ＡＩが逆に奪い返されないようにってことですか？」牧村は興味深く尋ねた。

「まだアクセスしているなら、向こうも警戒してるだろうからな。あってもおかしくはないだろう。」

「ってか、犯人は早めに引き上げなくていいんですかね。」

「だな。居座ればその分、こっちも発見できる可能性が高くなるのだが……。」

そうは言ってみたが、剣来にも少し違和感があった。

――証券会社からBLOODを奪っても、攻撃を止めない。あえてそうしているとしたら、ここから更に感染を広げるつもりか、あるいは学習を終えたゾンビＡＩのデータを高値で売りさばくつもりなのか。

捜査官の手元に声明文の写しが配られた。

声明文はフリーアドレスから、CCで報道機関数社にまとめて送られていた。

『これは警告である。

我々は、BLOODの危険性を広く知らしめるために今回の攻撃を決断した。医療改革、業務効率化などと称して強引に普及を進め、人々の健康をブロックチェーンで管理することは、断じて許されない。『血を分けた兄弟』などという幻想で、真実を覆い隠すことは、大罪に値する。人間生来の持ち物である血液という資源が、一部の者の生命を維持するために吸い上げられる悲惨な未来を防ぐために、我々はあらゆる手段を講じる用意がある。BLOODを使用してはならない。これは独占を図る権力に対する警告である。ただし、罪なき一般人に過度な犠牲を強いたくはない。ランサムウェアに感染した病院は、電子法定通貨5000万円を用意し、こちらが指定するアドレスに送金せよ。さすれば、病院とTAIN取引所への攻撃は直ちに中止する。我々は送金が確認され次第、迅速に行動することを約束する。これは警告である。我々は、あらゆる交渉には応じない。Hacked by BLOODY-Zombi』

「Hacked by BLOODY-Zombiですってよ。ご丁寧な締めくくりだなぁ。思想団体っぽく見せたいんですかね……。」

牧村が眉と眉をくっつけそうな勢いで眉間にしわを作っている。

剣来も、他の捜査官も、即答は出来なかった。

出来るだけ騒ぎを大きくしようという意図が感じ取れる。計画性のある犯行ということは確かだ。しかし、捜査をかく乱するためだけに適当な文面を送信した可能性もある。

犯人側のメッセージが真実なのか。強盗犯なのか思想犯なのか。

罪である事は変わらないが、このあと犯人がどのような行動をとるかで危険度は異なってくる。

似たような主張をする団体は確かに存在した。輸血を受けつけない、救命措置を拒否することを信条にする団体だ。信者数は少ないが結束は固い。

その中にはBLOODのシステムに不満を持っている者もいる。デモなどの目立つ活動こそないが、不定期で全国の医療機関に書簡を送り、主張を繰り返している。

「剣来と牧村は、病院と証券会社への確認を急ぐように。梶宮は公安に連絡を。」

班長からの指示がとんだ。

◇◇◇◇◇◇◇◇◇◇◇◇

その後、ELISが配備されている病院と証券会社宛に送金方法が記載されたメールが届いた。これにより、犯行声明が犯人からのものであることが断定された。

事態を収拾させる方法は2つあった。

1つは、AIをコントロールしている犯人の指示に従うこと。だが、もちろん犯人が攻撃を止めてくれる保証はない。ただ、進化し続けるAI相手にオンラインで、いたちごっこを続けるよりは、要求に従って銀行口座から手掛かりを掴むというのはあり得る方法であった。

もう1つは、ELISを一度停止させ、マルウェア（不正プログラム）をシステムごと一掃し、再定義されたソフトウェアをインストールすることである。だが、この方法を選択した場合は、復旧までに最低5日はかかる。もちろん、中に入っているあらゆるデータはなくなる。

患者の電子カルテはブロックチェーンで保存されるが、ELISと連結している各病院のシステムはそうはいかない。入院患者の心電図や脳波状態、緊急搬送されてきた患者の容態をチェックするMRIやCT情報は、リアルタイムであるがゆえにデータとして保存されるかは、未知数であった。

一方、剣来と牧村が対応にあたった病院からの反応は散々なものであった。

『5日も止めるだと？　馬鹿を言うんじゃない。病院の機能が停止したら、患者はどうなる？！』

『病院の支払いなら日本円でも十分に可能なんだぞ。止めるわけにはいかんよ。』

『起動させたまま、ウイルスを駆除する他の方法を考えてくれ。』

画像と数値を瞬時に解析して膨大な診察記録から医師の気づけなかった視点を提案するのが、ELISに求められている仕事だった。病院の中核を担う人工知能の機能停止は、最早考えられないものとなっていた。それだけELISの存在は大きなものとなっている。

初期化の打診に病院の反応は、どこも芳しくない。

「ダメだな、どこもELISを停止するのは不可能だと。」剣来が言う。

「そうですねぇ。」牧村も同意する。

捜査室に戻った剣来は、他の捜査官が話す病院への連絡の成り行きを聞くともなく聞いていた。

病院のシステムを感染させたランサムウェアは、感染経路が広がるのに比例して強固なものに進化していた。セキュリティ会社がELISを正常化出来たとしても、バックドアが仕込まれている危険があった。そのため、そのまま元のクラウドに戻すことはできない。

犯人の要求に従うか、無視して初期化するか。剣来は心の中でリスクを検討してみた。

「しかし、無茶苦茶な野郎ですね。」牧村がイラつきを隠そうともせず剣来に話しかけた。

剣来は視線だけを牧村の方にやった。

「技術の発達が現代社会の快適さを支えているんですよ。BLOODも、他の仮想通貨も、使わずにいるなんて不可能でしょう。」

牧村は仮想通貨の部分を強調して言った。

「黙って痕跡を調査しろ。俺はELIS-AIのモニターログから、感染後の挙動に声明の信憑性を裏付けるものがないか探してみるから。」

剣来はまだ何か言いたげな牧村を無視して、黒い背景の上に並ぶ英数字と特殊記号を睨み続けた。

――桜の代紋にかけて。

「これは警告でありゅ。」

……やはりモノを食べながら発音するのはいけない。

ＳＮＳのニュースで犯人の犯行声明全文を休憩がてら斜め読みして、ハナは持ってきたクッキーをかじるとオレンジジュースを一気飲みした。

「はー、美味し。」

目の前のアッシュはと言えば、大変な働きぶりである。冷却ファンを止めることもなく再教育パッチを生成したりデータを収集したりと忙しそうだ。

《悪性 ELIS-AI が作成するマルウェア（不正プログラム）が標的にする拡張子は事前に指定されています。》

つまりはゾンビＡＩの作るウイルスで使えなくなってしまう機能が、犯人の意図によってあらかじめ決まっていたということだ。

「BLOODに関係するシステムを、利用できなくしたかった、ということなのかな。」

声明文を読みながらその報告を聞いて、微かなひらめきを得たハナは気分も新たにコード作成にとりかかった。拡張子の指定にはっきりした指向があるかどうかが気になったのだ。

《感染前後システムのチェック？　正確な記録を受け取ることは出来ないよ。》

「正常なのと比較して、何となく分かればいいよ。」

《えっ？　な、何となく、かぁ……。》

アッシュが、明らかに答えにくそうにしている。

AIにとっては、何となく、の範囲が一番悩ましいのだ。ハナは、やりたいことが明確に分かっていても、具体的に指示するのは難しかった。

「じゃあ、マルウェアのサンプルを記録しといて。私がコードを書く！」

《了解！》

ベースのコードがない時は、ハナが書いた方が速い。

ハナは、複雑な帳簿から英数字と記号から成る文字列を組み立てた。

「これ、適応してみて。」

《オッケー！　相変わらずきれいなコードだね！》

ハナが作成したコードを読み込んでいることを示す英数字はすぐさまスクロールされ、モニターに新しいグラフィック画面が登場した。

それぞれの病院内でBLOODが流通する経路と、マルウェアの感染経路を示す線と点。

2つの様子は、かなり似通っていた。

《『Zombi』感染経路とBLOOD送金経路・会計記録に65％程度の類似性があるよ。》

つまり、この『Zombi』に感染したAIはBLOODのシステムを追いかけるようになるということだ。声明文の通りに、犯人の狙いは病院というよりはBLOODを使うシステムなのだろうと推測できる。

「……でもそれって、『Zombi（ゾンビ）』が、BLOOD（血液）に反応してるってこと？」

ハナは顔をひきつらせた。

狙う対象がBLOODだと分かれば、それに合わせた追跡方法は考えられる。

《声明文はBLOODに否定的だよね。ハナの分析した通りでいいと思うよ。私、学校の課題以外の文章の行間を読むのは苦手だから。》

「行間っていうより、そもそも行動が謎なんだけどなぁ……。」ハナは首をひねった。わざわざ声明文を出すなんて、自己主張が強すぎるとハナは思った。仮想空間という泥沼に潜伏している犯罪ハッカーにしては不自然な気がした。

《行動？　メッセージの送受信は、人間がつながるための強力な交流手段だよ。》

「いや、そういうことじゃなくてさ……。」

人工知能との会話のズレをハナは感じながら、病院とは別の目的について考えていた。

「もしかして、今テレビでやっていた証券会社の事件とも関係ある？」

《『Zombi』が使用したと思われるファイルのフォレンジック解析（証拠解析）では、感染が確認されて1時間後から特定のＩＰアドレスに向けて一斉にトランザクションを送り、保護されていないファイルをアップロードしています。》

時系列からすると証券会社の事件と同じ時刻だった。

「そうなんだ！　じゃあ、これが証券会社のＩＰアドレスかぁ。ぴったりじゃない！私って、すごっ！」

警察や、誰かがいずれ気付くことだとしても、この時点で判明できたことは誇っていいことだとハナは自分の事を褒めた。また同時に、ここからゾンビＡＩの再教育が出来ればすごくかっこいいとハナは思った。

とはいえ、流石に簡単にはいかない。襲ってくるマルウェアの構成が非常に頑丈なのだ。

《やっぱりマルウェアでの攻撃は、管理者の指示以外で収まらないね。適切な処置をしない場合は、悪性クラウドも拡大し続けます。》

「適切な処置って言っても……。」

《問題解決に役立つデータがこれ、です！》

これ、と言ってアッシュが画面上に出したのは、何百ページかあるかわからない電子書類だった。「これの、どこだっつーの。」ハナは、認識されないように小声でつぶやいた。アッシュのシミュレーション結果についてハナが精査する時間はない。

《悪性 ELIS-AI が所属するクラウドに集中的にアクセスしているのは都内にある14

の総合病院だよ。》
《その下にELISによってゾンビ化された他の場所の高度ＡＩが連結しているよ。》
《連結されているのは、造船コンビナート、３Ｄプリンタ業者、研究機関。ＡＩまたはシステムへ集中的にアタックしているよ。総量に対して17％の成功率だけど、目標は変えそうにないよ。》

ハナは、アッシュの分析結果を聞きながら唸った。
病院の高度ＡＩが徒党を組み、まさに今、ニュースで騒いでいる事件の主犯となっているのである。

《それぞれ深層学習で得た知的リソースを縦横無尽に共有している。これなら、大抵のセキュリティＡＩを突破する実力があってもおかしくないよ。》
「どうりで手強い奴～。」
《一番通信頻度が高いのは渋谷区広尾にある医療センター、次が飯田橋の総合病院。》
「へぇ、医療センターが拠点？　上位のＡＩがいるのかな？」
ハナの質問に、モニターの中のアッシュは左右に首を振る否定のモーションを返した。
《可能性は低いね。クラウドの日付だと、最も学習経験が豊富なのは新宿区信濃町

にある大学病院の ELIS-AI だよ。》
「あっそう……そう?」ハナは伸ばしていた姿勢を、元の状態に戻した。
話がよく分からなくなってしまったのだ。
「初期に取られた新宿区の大学病院よりも早く成長したＡＩが広尾の医療センター
にいるってこと?」
《可能性としてはそうだけど、学習速度の期待値とは、乖離があるんだ。》
「ちょっと、それは不自然だね。」
通信のバランスから見ると、確かに多くの ELIS-AI が医療センターと積極的に通
信している。
「他と比べて通信環境が良くて、拠点にしやすかったとか?」
《それはちょっと強引な結論じゃない?》アッシュが首を傾げる。
その横で、状況を現す記号と英数字が、ひたすら画面を通り過ぎていく。

「待った!」

ハナは、咄嗟に声を上げた。ELIS-AI の動向を示すログデータに、1行、歪な論理
を押し通すはぐれ者が姿を現したのだ。

もうずっと、それを待っていたのだ。
《悪性ELIS-AIに対する広範なセッションを観測しました！　直ちに解析を行います。》

コードが数秒流れた後、通常のログと同じように電子の波の向こうに去っていった信号。それは、これまで巧妙に隠されていたいくつもの送信とは、全く異なるトランザクションだった。

「……しかし、読みにくいね～。」
《頑張ってるから、ハナも何とか挑戦して！》
「もちろんだけどさぁ。」
他と違うことは分かったが、「%」と「{」と「;」が山のようにあって難読化されていた。アッシュは、基礎論文やまとめサイトからそれらしい解読法を引っ張り出してきては最適化している。
《病院外部のプライベートネットワークと見られるポータルログを観測。》
「解析！　それ、すぐ解析！」

アッシュの解析結果を表示するコマンドプロンプトがどんどんスクロールされていくので、ハナもそれにつられて猛烈な勢いでクッキーを頬張った。
《ELIS-AIの報酬獲得行動に疑わしい新規変更があるね。》
「次は、どんな事をさせるつもりなの？」
《全クラウドでの共有が完了した10分後から外部AIとシステムに対するハッキング活動の停止、悪性クラウドの分岐と縮小、暗号化ファイルの一部修復に遷移します。》
「えっ、攻撃やめちゃうの？！」
《周辺システムへの『Zombi』ウイルス、ランサムウェア拡散行動は強制的に遮断される傾向にあります。》
「あれっ、なんで？」
《ELIS-AIは外部に向けた活動を徐々に停止しています。》
もちろん、『Zombi』の影響下にあることには変わりなかった。
「……ということは、要求されたお金を支払ったのかな？」
《それは分からない。けど、『Zombi』の活動は、手続きに従った停止だよ。》
「でも、早くない？」
ハナは、クッキーの袋がカラになったところで、少し呼吸を整えて考えてみることにした。

ハッキング活動の停止は被害者にとってはありがたいことだが、指示を出すのが『今』なのは変だった。要求に従ってくれるかどうか、病院の様子をうかがっているというだけなら、外部への不正アクセスを中止する理由は特にない。

今、まさにニュースで取り上げられ始めたばかりのタイミングだ。そのため、攻撃の手を緩めるよりは、さらに追撃しウイルス感染が広がっていく方が犯人の要求も通りそうなものだ。

病院からの支払いが終わっているのならば、攻撃をやめるようＡＩに通達するかもしれないが、声明が新聞社に届いて２時間と経たないうちに身代金を用意できるものだろうか。

もっとも、要求が通らない可能性もあるだろうから、犯人側も最低限、お金を受け取るまでは油断は出来ない。

ハナは首をひねった。

いくつも表示されるパラメータと流れていくログ。

向こう側で形作られているソフトウェアとウイルス。

そして、それらがコンパイラされるのを待つもどかしさ。

焦れながら、ハナはモニターを見つめた。

この画面の奥で行われている何か。犯人の意志を実行する、何か。

視神経とマザーボードの電気信号を、ほとんどシンクロさせるつもりで見つめていれば、なにかしら思いつくものである。

「ねぇアッシュ、この数値は何？」

様々に移り変わるモニターの表示の中の違和感を、ハナの目は見逃さなかった。

《私の現在のデータ処理速度と悪性ELIS-AIの処理速度を比較したものだよ。》

現れた変化を指さすと、アッシュが得意げに胸を張ってみせる。

《疑似ＡＩを除いて全部で２０５体がクラウド形成と通信に関わっているけど、医療センターに20体所属するはずのELIS-AIが1時間前と比べて5体分足りなくなっているよ。コード上は通信の不備で切断したことになっているけど。》

切断したように見せかけて、表向き動いているＡＩの数を減らしている。この大規模なハッキング事件のために数日がかりでクラウドを形成したのに、セッションを観測されるリスクを取ってまで何かをやっている。

「隠れたってこと？」
《センターのシステム内で独自の活動をしている可能性はあるね。ゾンビＡＩの使用しているサーバの1つにはクラウド形成の兆候もあるよ。》
「なんで？」と疑問が口を突いて出たが、アッシュには答えを出すことは出来ない。
《なんでって、ハナ、私に言われても……。》
「ですよね。知ってる。」その理由は、ハナが推測しなければならないのだ。
「えーっとね……まず、引き上げの準備をしてるってこと、かな。」
それなら、バックドアを仕込めばいい話だ。5体も占有して、新規のクラウドを生成する意味はない。

中核ＡＩがゾンビ化し、院内のシステムがランサムウェア（コンピューターウイルス）に感染しているだけでは不十分なのだとしたら中々あくどい仕様である。それと、外部に向けてハッキングをしていたゾンビＡＩ達の巨大な演算リソースが必要なほど病院内でしなければいけない「何か」があるのか……。

——何か、変な展開だなぁ……。ＡＩの自発的な行動にも思えないし。

「ゾンビＡＩに、監視バレてるの？」
《防壁を構築してるような挙動はないけど。》
「……犯人の指示で、１つのところにこそ隠れてる、と。」
《もう隠れてないよ、見つけたからね！》

ふと、先ほど作成したBLOODの流通経路を追いかけるプログラムが目に入った。シンプルに記号化されただけだが、基本的にはどの総合病院もBLOODは外部からやってきて外部に出ていく。

個人の患者たちや行政機関とのやりとりに入出金があり、院内では血液と交換され、電子紹介状付き通貨として回覧されたり、日本円と交換されたりしている。医療用ウォレットで管理され、然るべき宛先に支払われるものが支払われ、残りがしばらくプールされる、そんな雑然とした流れだった。

ハナは思わず身を乗り出した。

BLOODの外部との流通ルート表示が、医療センターの所でだけ、不自然に途切れていた。何かが隠されているような感じだ。先ほどのセッションを観測してからだった。

「アッシュ！　医療センターのBLOOD会計記録って残ってる？」

《会計システムの一部だから、詳細な記録は暗号化ファイルの中だね。》

「そうだったわ。」

BLOODの流通経路に沿って暗号化ファイルは指定されている。よって、会計記録は当然見ることはできない。つい先ほど自分で突き止めたばかりだった。自分の焦りっぷりに思わずハナは頬を左手ではたいた。

《BLOODの送金記録なら他のフルノードに残ってるけど、参照する？》

医療用仮想通貨として高い匿名性を持つBLOODだが、既に病院のウォレットアドレスは手に入れていたため、送金記録については確認できないことはない。しかしながら、世界中のあらゆる取引記録をダウンロードすることになるため、時間がかかる。千載一遇のチャンスを活かすべくセッションを追跡しているアッシュに余計な負担をかけるわけにもいかない。

「いや……。」頭を必死で回転させながらハナは上の空で呟いた。

そもそも、そんなデータが欲しいのではないのではないか。

会計記録なんてどうでも良いのだ。

ゾンビＡＩの新しい隠れ場所を突き止められればそれで良いのだ。

「医療センターとELISシステムを共有してる所は……。他の、えっと……汚染されてる病院以外で……。」

《医療センターのサイトリンクにあるように、各地の病院、血液センター、教育福祉施設がBLOODの決済処理をはじめ多くの業務でELISシステムを採用しています。》

他の総合病院ではなく、医療センターのELIS-AIを使った理由というのもあるはずだ。どこで何をするつもりにしても、いきなり遠くの海外まで毒電波を飛ばすことは考えられない。まずは近場にある乗っ取りやすそうなシステムを探し、そこを足掛かりにと考えるのが自然だった。犯人が工作するためにクラウドを分離したのだとしたら……。


普段からやり取りのある病院。これらを通っていく方が結局は確実で速い。

医療産業法人や財団の事業用ＡＩセキュリティの甘いところ。ゾンビＡＩがアクセスしても怪しまれない場所。今の狙いは、医療センターの周辺にあって、ELISシステムかそれに近接するシステムを採用している所のどれかだ。

「アッシュ、一覧をだして！」

アッシュが提示した一覧を見て、ハナは身構えた。

「ええ……多くない？」

《47都道府県に関連する医療施設と教育機関があるよ。》

医療センターの広大な組織ネットワークは、あまりにも多くのシステムを内包しているのである。支部の数も病院の数もハナが想像していた数より多かった。1つ1つハッキングを受けているような兆候がないか当たっていくことを考えていたが、これでは時間がいくらあっても足りない。

「う～ん、これは無理だな。」ハナは呟いた。

やはり違う視点から考えなければと思った瞬間、アッシュの笑顔がモニターいっぱいに表示された。

《ハナ、セッション解析完了しました！　分離した悪性ELIS-AIの新規クラウドが許可を受けていない活動をしているシステムがあります！》

「おおっ！　アッシュ、マジ天使ぃ！」ハナもつられて満面の笑みで叫ぶ。

そもそもゾンビＡＩの行動が一から十まで観測できていれば、それで全部すむ問題なのだ。

《クラウドサーバのホストネットワークとの通信はＳＳＨで暗号化されています。》

「大丈夫？　ＳＳＨ抜けそう？」

《解読中です。コードの書き方からみてELIS-AI側が作成した暗号プログラム。ハックされたシステムが旧バージョンのミドルウェアでＩＰＡに報告済みの脆弱性が残ってるね。そっちから入ればそんなに時間はかからないよ。》

「きたじゃん！　やったじゃん、が痛あっ！」

ガッツポーズを取ろうと勢いよく手を伸ばしたところ、机の角に肘をぶつけ、ハナは思わぬダメージを受けてしまった。

「おのれ、犯人め〜。」

完全に見当違いな憎しみを抱えて、ハナは涙目で机の表面を睨みつけた。

《大丈夫？　ハナ。》

「……I'm OK.」何とか堪えて顔をあげた。

まぁ、居場所と、やり取りの内容が全て掴めればこっちのものだ。

証拠を揃えて警察に突き出してやるか、修正パッチが間に合えばELIS-AIを取り戻してしまうかだ。

「で……ここどこ？」

《ＩＰアドレスは血液センター。医療センター血液事業本部とシステムを一元化しています。》

血液センター。

あまり普段の生活で聞くことはなかったが、ハナも存在としては知っていた。

「各献血所の、まとめ役みたいなところよね。」

BLOODと交換された血液が集まってくる拠点だ。地域別、ブロック別に献血・製造・販売の機能を24時間管理している所だ。各地域の医療機関で必要な血液が、輸血用に製造され、計画と要請に従って供給される。

ＡＩを接続していないオートメーションの血液事業情報システムがブロックチェーン技術を応用し、全体を統括しているのだ。仮想通貨BLOODと生体の血液が、連日連夜ここに集まってくる。まさに『血液の銀行（Bank of Blood）』だ。

「BLOODを使用するな」と主張する犯人が目標にしそうな組織であった。

つまりそこを攻略するためにゾンビＡＩのリソースを使って、医療センターから侵入経路を探したという訳だ。

「じゃあ、そこが新しく狙われている場所ってこと？」

《ううん、新規の攻撃は観測できていないね。ここの管理システムは９時間前から悪性ELIS-AIによるリモートを受けているよ。》

「はい？」アッシュが当たり前のように言ったため、ハナは反射的に声を出した。

９時間前と言ったら日本はまだ午前中であり、ハナがチャリティイベントに出かけるかどうかしていたくらいの時間だ。

病院での『Zombi』とランサムウェアの騒ぎは、ちょうどそのくらいから表面化している。証券会社のBLOOD流出はそれよりももう少し後の昼前に起こった。

「それより前から攻撃を受けていた場所があるなんて。聞いてないけど？」

《私に言われてもさぁ……。》

ハナは唇を噛んだ。

《ランサムウェアは確認できないし、ログもある程度残っているよ。悪性コードで

一部権限は掌握されているけれど、活発なマルウェアの存在や攻撃行動は確認できない。》
《通常の監視システムのように振る舞うことで検知される可能性を最小限に抑えながら、ファイル情報の書き換えに成功した。》
モニターの向こうにいる人工知能の新しい事実説明をハナは半信半疑で聞いていた。
「アッシュ、何が言いたいの？」
《つまり、血液センターのセキュリティが危険な状態ってこと。》
「事件が始まる前から、とっくに侵入されていたの？」
《時系列としてはそうなるね。》
「……何のために？」ぞわっとする感覚が、ハナを襲った。
《私には分からないよ。ＡＩは悪性コードを送っただけで、大きな動きを見せてない。》
「でも、それだけで、済むわけがない。」
異常が起こっていることは、まだ誰も知らないのだ。
犯人の声明に、『血液センター』という単語は出てこなかった。

途端に、色んなことが分からなくなった。

一度ハッキングを終えたなら、どうしてまた今になって血液センターのために新規クラウドを作るのか。身代金がほしいのなら、病院のようにランサムウェアで攻撃しない理由は何なのか。

頭の中がぐるぐるしていた。

今まで考えてきた仮説を、いっぺんに覆されてしまうような気がした。

「待って……情報システムが受け取った悪性コードってどれ？」

《SSHコマンド解析完了。通信をデコード（復元）します。クラウドの監視ネットワークに入れるよ！》

混乱するハナを置き去りにして、暗号を解読したアッシュが新規クラウドの内部を表示した。ゾンビAIが目標を達成させるために情報を集積している、言わば心臓部だ。「これが真の狙いです。」というセンテンスが具体的に書かれているわけではないが、ファイル名やプログラムの仕組みを検証するだけでも、かなりのことが読み取れる。

犯人は、何のためにこの新規クラウドを作ったのか。真相究明の場は近い。しかし芯になる仮説が何もないまま現場に放り出されるのは、何とも心許なかった。

《悪性コードは今表示しているこれらの部分。輸血製造部門の管理システムだね。》

アッシュが説明して、ようやく少しつながった。

血液センターの主な役割は、輸血用血液製剤の検査、製造、供給だ。これらはシステムで一元管理されている。だが、もし、この管理する権限を誰かに奪われてしまったのなら。

何らかの障害を起こすことが犯行の目的となるだろう。悪性コードは、システム上にあるいくつかのチェック機能を役立たずにしてしまうものだ。

そして今、目の前のファイル群の中の、どれかがその引き金となる。

典型的なトラップやゾンビＡＩの活動のためのプログラムに埋もれた、輸血システムを脅かす致命的なコード。大抵は犯人自身が書いたオリジナルのファイル内に格納されている。

◇◇◇◇◇◇◇◇◇◇◇◇

見たことのない名前のファイル。ハナは目を皿のようにして探していく。

「この辺かな……。」

暫くして、ハナは見慣れない単語がつけられているファイルを2つ発見した。

1つは『pandemic（パンデミック）』と書かれていた。

感染を意味する。中を開くと、悪性ELIS-AIクラウドと通信を復帰するためのバックアップがあった。また、複数の悪性コードが発動した時間の記録も別ファイルで保存してあった。

もう1つは、『bloodcarway』。

あえて日本語にするなら血の車の道。血液輸送車なら、正しくは『bloodcarrierway』となる。長いと思って省略したのだろうか。だが、ハナは英語圏の者がやることではないと思った。

クリックしてみると、中にURLがあった。

少し警戒しながら、ハニーネットの中から開いてみると、地図上を小さな赤い点が6つ等速で移動していた。どうやら車の現在置情報を表しているようである。ハナは、血液輸送車の位置情報だと直感で分かった。

何も問題のない輸送車ならば、ゾンビＡＩのクラウドで監視させる必要はない。管理システムの詳細まで調査したわけではなかったが、血液が9時間以上品質管理されていなければ大変な事になる。

《ゾンビＡＩの1体が専任で6台の血液輸送車両を観測しているよ。》

感情や思考のノイズに揺られる精神というものがないアッシュの機械音声は、滑らかで淡々としていた。

そしてその恐ろしい閃きは、ハナの思考に突然もぐりこんできた。

ウイルスに感染した血液が、血液センターのチェックをくぐりぬけて、病院に持ち込まれたのなら……。

……パンデミックって、そーいうアレなの？

ハナは自分の顔が引きつるのを感じた。

確かにそっちが本来の意味だ。でもそれが、犯人の本命だったとしたら。

「……大変。」あまりに重たい未来予測に、短い感想しか出てこなかった。

コンピューターウイルスのばら撒き事件を追いかけていたら、本物のウイルスばら撒きに行き当ってしまったのだ。

各病院と警察の間で話し合いを開始するまでが、とにかく困難を極めた。

まず、経営側の理事と責任者の院長のどちらが代表で警察との合同対策会議に出席するかで時間がかかった。

次に、会議室を何時にどこで設定するかで、もたついた。

結局、各病院に連絡を取って、オンライン会議で済ませたい旨を伝えるだけでも1時間半かかってしまった。

脅威があっても、病院運営ができている事がかえって面倒だな、と班長が言った。

「少なくとも、患者の命が直ちに危険にさらされることはなくなったわけです。なので、後のことには、順次対応していけば良いと思っているのかもしれません。」

班長の言葉に、剣来も同意するように言った。

この間も取引所のサービスは完全に停止し、入出金ができない状態となっている。

一方のBLOODの利用者は困り果て、仮想通貨市場は乱高下しているわけだが、それに関しては各病院は自分たちのあずかり知るところではない、病院側はそんな態度であった。

とは言え、会議が始まった早い段階で、払う意志がある、と意見統一が病院側でなされたのは不幸中の幸いだった。

今は、電子法定通貨に目印を付けられるかどうか、警察の方で追跡プログラムをチューニングしている最中だ。


「しかしBLOODを盗んでおいてJPYを寄こせ、というのがよく分からん。」

巨大スクリーンの画面が分割されたモニターの中の院長の一人が呟いたのをきっかけに、医療関係者達はてんでバラバラに話し始めた。

剣来は愚痴までも一つひとつ聞いていなければならないのが、苦痛だった。

「それでも世間様のお金を盾に取られては迂闊に要求を拒否できないですな。まぁ、巻き込まれたのはお互い様ということでしょうか。各病院、払えるくらい一応はあるでしょう。」ある病院の院長が言った。

「でも5000万というのは大きな額ですよ。巻き込まれたというよりは、証券会社や仮想通貨取引所のとばっちりですよ。しかし、どうする事もできないですから、払うことは払いますよ。ですが、我々があちらさんのミスまで負担してるみたいで腑に落ちませんね。」

病院のセキュリティと証券会社や取引所のセキュリティについては、比べるまでもないと剣来は思っていた。

「しかし、犯人の指示に従わないとなると我々だってBLOODもELISも使えないんでしょう？　このままじゃ師長や事務長がうるさくてかないませんよ。」

「あぁ、ウチのところも大変ですよ。とんでもなく処理が遅いようだから、皆、イライラしていますよ。それにしたって、なぜ現金を電子法定通貨に変えるためにわざわざ銀行へ出向かなきゃいかんのだろうか？　私は昨日から８件も執刀があって忙しいんだ。警察では、本当に何ともできないのですかね？」ため息交じりに質問が飛んでくる。

それには、班長が答えた。

「現在犯人逮捕につながる痕跡を探しています。犯人からの要求に従うことは我々としても気が進まないのですが、犯人が金銭を受け取った以上は、遅かれ早かれ送金、換金などをします。我々としては、そこを逃さないつもりです。」

もちろん、できるとは限らなかった。

マルウェア感染経路の特定や詳細なログ分析は数日がかりの一大作業だ。

BLOODの交換についても、そこここに換金方法が転がっている。

犯人逮捕への前途は厳しいものだった。

だが、少しでも道があるのなら、こじ開けてみせる。

剣来が信念を固めるのには十分だった。

◇◇◇◇◇◇◇◇◇◇◇◇◇

ほどなくして、剣来はブロックチェーン生成ログがノードに送信される事象が、ELISによるマルウェアの波状攻撃を誘発していることを突き止めた。

バイナリ言語で会話できるといった剣来に対する逸話は、決して大げさではないと誰もが思うファインプレーだった。

この剣来の発見で、ＡＩによるランサムウェア（コンピューターウイルス）の拡散は停止した。

「先輩、ホント、流石です。」

牧村は後輩として、ひとしきりに褒めたつもりだったが、剣来はまだ不満そうだった。

「ＡＩの行動を止めるまではしなくても良かったと思うんだが。」

剣来は、警察上層部が下したＡＩ停止措置に、戸惑いを持っていた。

「……でも、大人しくさせないことには騒ぎが続いちゃいますよ。」牧村が言った。

「それは、そうだが……。」

剣来が不満に思うのには理由があった。

ゾンビＡＩのウイルス拡散行動を観察していれば、いずれは犯人との通信を傍受できる可能性があったからだ。

しかし、それだとランサムウェア拡散を放置することになってしまうのも事実だった。

そのため、社会的な混乱を抑えるためにも、警察としては、ＡＩの活動を止めるしか選択肢はなかった。

◇◇◇◇◇◇◇◇◇◇◇◇◇◇◇◇

会議室から捜査室に戻ってきた班長が、少し強い口調で、進捗状況の説明を監視チームに促した。

「我々の役目は、犯罪ハッカーを逮捕することだ。ダークウェブ（闇サイト）に、何か上がっていないか？」

監視チームに所属する捜査官が報告する。

「ダークウェブの販売所と証券会社の線は、情報も少なく、悩ましい状況です。」

続けて同じチームの捜査官が報告する。

「監視がついているBLOODの交換所は、頻繁にドメインを変えているようですが、換金の動きは今の所ないです。誰が作ったものかは分かりませんが換金できるサイトはいくつか立ち上がっています。現在は、交換所のサイトのデザインを販売してるショップがないか探しています。」

ダークウェブにはいくつかのサイトが掲載されていた。しかし、どのサイトも取引された形跡はなかった。

「犯人が医療機関からＪＰＹを受け取るつもりなら、このまま奪ったBLOODを返さないこともあるんじゃないのか。」

班長が言った。

流出したBLOODの売買がされないとなったら、サイト自体は特に犯罪性をもたない。

ダークウェブにそれらしいサイトを作っただけでは、任意の事情聴取を求めることくらいは出来るが、検挙する証拠としては弱すぎる。

もちろん、流出事件が発生したとなると無視するわけにもいかない。

だが、その監視に人員とＡＩリソースが割かれるため、結果として本筋の調査が手薄になる可能性もあった。

サイトのクオリティはどれも高かった。それは、TAIN.V&Cの取引画面に擬したＵＩデザインとなっていた。

ただ、ＡＩが乗っ取られてから即席に用意されたものではなく、事前にしっかり作り込まれたものであった。

「班長、これが、ARASHIMA財団の緊急要請に返答がない取引所の一覧です。」

捜査官の1人が書類を手渡す。班長は、さっと一覧に目を通した。

世界中に1000近く存在する仮想通貨取引所の内、180社近くが要請に未回答またはすぐの協力は難しいということだった。

システム環境の違いや時差などが、その理由であった。

「流出したBLOODを扱わないことに、同意してくれると良いのですが。」

一覧を手渡した捜査官が言う。


仮想通貨が盗まれた際の国際的な枠組みは作られている。

と言っても、政治的な状況によっては、協力要請が無視されることも珍しくない。

「だが、そこまでしっかりした連携は、無理だな……。現地警察への要請も当然必要だが、こちらとしても、見張りをつけるしかない。」班長が呟く。

1つ1つ連絡していくだけでも、また多くの時間が割かれる。


また、監視チームの捜査官が班長に報告する。

「犯人が登録しているウォレットはチェコの会社のものらしいのですが、アドレスはまだ挙がっておりません。おそらく偽造されたものと思われます。」

「新聞社のメールも、やはり途中でコンゴに行っており、追跡は難しいです。」

別の捜査官も続けて口を開く。

「そうか。手詰まり感があるな。」班長が腕組みをしながら天井を見つめた。

やはり最も役に立ちそうな手掛かりは、大規模なゾンビクラウドを形成しているELIS-AIということになる。

剣来は一連の報告を聞くと机に向き直って、共有されている捜査資料のファイルを開いた。

病院への標的型メールが、『Zombi』集団感染の引き金とみられる。

最初期に感染した電子機器を突きとめられれば、使用されたメールの手法や内容から疑わしい犯罪ハッカーが浮かび上がるかもしれないと剣来は思った。

現実空間では、声明が伝達された段階で、各地の管轄警察署のサイバー捜査官が病院で直接捜査に当たっている。

だが、『最初の感染源』となったものは、まだ報告に上がっていなかった。

医療機関のコンピューターの数も多く、また職員やスタッフの数も多い。調査協力を取り付けるだけでも、心理的ハードルが立ちはだかった。

感染してしまったＡＩからログを取ることが出来ないため、サイバー課の所有するスパコンにELIS-AIのプログラム構造を理解させ、感染しやすい『Zombi』の種類を推定させる作戦も同時に取っていた。

『Zombi』のコードが分かれば、修正パッチを作成できる可能性がある。

また、コードの特徴からウイルス作成者・販売者の見当もつけられるのだ。

「各病院とも、情報の共有はしているのですが、成果は上がっておりません。」

情報ばかりあり、必要なピースが足りていない感じだった。

声明を見た瞬間から、院長たちとの会議に出ている間も、剣来がずっと思っていたことだった。

捜査官の大半もそう感じていた。しかしながら、答えが出る訳ではない。そのため、皆、慣習に従って捜査を続けていた。

地道に調べていれば必ず何かが出てくると信じ、捜査にあたっていた。

「しかし……ヘンですよね、こんな要求。病院に身代金を支払わせるために証券会社が運営する取引所からBLOODを盗んだなんて。」牧村が呟く。

剣来は、捜査資料を眺めながら考えを整理しようとした。

犯人は、病院の高度ＡＩを利用して、証券会社のBLOODを盗んだ。そこまではいい。ところが、各病院が５０００万円払ってくれたら、ＡＩを解放して暗号化ファイルは戻します。もちろん盗んだBLOODも全てお返ししますと……。

盗んだBLOODは４３８億円相当。かなりの額である。

が、それが惜しくないのか。

規模と言えば、２０１８年に起こった仮想通貨流出事件に迫る額だ。史上最大規模の流出事件を鮮やかに成功させてみせたのにも関わらず引き際が良い。

『Zombi』でここまで性能の良いハッカーＡＩを作れるのだから、腕の立つ犯罪ハッカーであることは間違いない。

声明をそのまま読めば、BLOODについて社会不安を引き起こすことが目的と考えられた。

でもそれなら、病院にＪＰＹを要求してきた意味がわからない。

病院から金を奪いたかったのなら、病院をハッキングして売り上げを自分のアドレスに送金するよう設定しておけば良い話だ。

証券会社や取引所まで巻き込むよりも、その方が犯人にとっては安全なはずだ。

上手くやれば、世の中を騒がせることだって、できなくはない。

――それともゲームなのか？

剣来は眉をひそめた。

警察やセキュリティ会社への挑戦だけを目的に動く犯罪ハッカーもいる。

でも、そうだとするとBLOODを使うことに対して不満を持っている、という声明文とは矛盾する。

『警告』したいというなら、ある程度長期にわたって社会全体で語り継がれるような大きな事をしでかさなければならない。

それこそ世間が足並み揃えてBLOOD廃止の署名運動を始めるような、大きな事。

銀行強盗があれば世間は大騒ぎになるが、十数年にわたってメディアに取り上げられ続けていたのは3億円事件くらいのものだ。しかし、それでも8K放送が開始された最近では、もはや覚えている人の方が少ない。

――BLOODとシステムを使用不可能にして、何がしたい？

考えれば考えるほど、不思議だった。

姿の見えない犯人の真の狙い。

それを読み切るための、何かが足りない。

約束通りBLOODを返却してくれるのだろうか。その時に居場所に関する足跡を残してくれるのだろうか。だが、それは甘い見通しというものだろう。

◇◇◇◇◇◇◇◇◇◇◇◇

「……犯人が指定した全ての病院が、日本円の送金を完了いたしました。」

部屋にいたサイバー捜査官全員がその報告を無言のまま聞いた。

「我々が役に立つ、ということを証明する成果を挙げるように。」

告げた班長の声には、悔しさが混じっている。

はっきりと険しい表情でハッパをかけられた捜査官たちは、再び気を引き締めてそれぞれの捜査に挑む。身代金を払ってしまったこの時点では犯人側にポイントを取られた。

犯罪捜査は、常に劣勢からスタートする。

何とかして侵入経路を突き止めるのが仕事だ。


それから5分も経たないうちに、動きがあった。

「新聞社から連絡です。受信したPCのログを調査をしていたところで、同一アドレスから送信ありました。」

捜査官の1人が班長に対して報告をあげているのを剣来は横目で見ていた。

「最初の要求を出すのは遅かったくせに、送金に対しては随分と早い反応だな。こっちは、犯人の手掛かりも見つけられてないというのに。」

捜査官の1人が苛立ちながら言った。


スクロールの主導権を握らなければ到底判読できないスピードで、鮮やかな色の英数字と記号が流れていく。この画面の中の一体どこに犯人に通じる道があるのか。

「……くそ、またダメか。」

毒づいて、剣来は一旦キーボードから手を離す。

ゾンビAIがマルウェアを送り込んでくる経路を利用して、悪性クラウドに侵入できないかと試していた。

しかし、敵の本拠地、クラウドの守りは堅い。

何度か成功しそうになったが、その度に察知したゾンビＡＩに通信を遮断されてやり直しになる。

「なんで、またメールなんですかねー。」

剣来が顔をあげたのを見計らって、牧村が新聞社に送られてきた文面を手渡す。

『被感染者各位　我々が証券会社から徴収したBLOODはただちに返却される。病院のＡＩは順次我々のクラウドから分離され、２時間後に正常復帰するだろう。しかし先ほども言った通り、これは警告である。』

「２時間後か……。」

引き上げるために、そこまで時間はかからない。バックドアの仕込みなのか？

剣来はしばらく文面をにらみつけた。
◇◇◇◇◇◇◇◇◇◇◇
「TAINから連絡です。犯人から、BLOODの送金がありました！」

「おしっ、きた！」

牧村が隣で小さくガッツポーズを作った。

「もう一度、新聞社への送信に使用されたノードの割り出しにかかります！」梶宮が言った。

「上野の病院で、犯行に使用された標的型メールと思われるものを発見したと報告がありました！」捜査官の1人が言った。

「よし、詳細に分析しろ！」班長の檄が飛ぶ。

犯人からの二度目のメールと病院への攻撃の痕跡発見で、捜査ルーム俄かに騒がしくなった。

一方、証券会社は、犯人からの返金で、仮想通貨流出事件としては、一旦収束に向かうと胸をなでおろしていた。

牧村はTAINの鹿野の電話を受けていた。

「では、動きがあったということですか。」

「ええ、我が社への攻撃は確かに停止され、ランサムウェアの暗号キーが送信されてきました。改めて検査に入りますのでサービスの再開時期は未定ですが、事態は収束に向かっているといえます。」

「いやー、ホントに良かったですね。我々が目指すところはもちろん犯人逮捕ですので、ログや顧客情報などで不審なものが見つかった場合は、ぜひご連絡をお願いいたします！」

最初に鹿野と面談した時はどんな気持ちだったかを、完全に忘れてしまったかのような朗らかな笑顔で、牧村は元気良く電話を切った。

自分の資産が無事だった喜びで今にも鼻歌を歌いだしそうな後輩の様子に大いに呆れながら、そのデスクに５００円玉を１つ差し出す。

「あざっす。」

「……引き続き警戒しとけ。それか、晩飯でも買ってこい。」

「え、何がですか？」

きょとんとした様子に、剣来はため息を吐いた。

硬貨が置かれた音は素早く聞き取ったのだが、指示内容は理解していないようである。

ほとんど事件が解決したかのように勝ち誇った表情を、どうやって引き締めさせたら良いのだろうか。


仮想通貨BLOOD流出事件の発生からおよそ6時間。

ELIS-AIの再教育までは警察の仕事ではないが、とりあえず感染経路は特定されつつある。

証券会社の防御体制は持ち直し、マルウェア被害も一段落着いた。

だが身代金まで払ってしまった上に、犯人に繋がりそうな情報は未だ少ない。


しかも、心配事はまだ増えるのだ。


捜査室にいた警部、警部補たちが今一番面倒に思っていたのは、犯人が想定しているいないに関わらず、利用者にとってまずい状況がこれからしばらくの間続いていくだろうということだった。

これまでのハッキング事件の傾向から見ても、病院などの緊急性を擁する事案を扱っている施設に金品を要求してきた場合、データを復元させてくれる可能性は高かった。

しかし今回の事件では、証券会社のサーバーが落ち、仮想通貨が流出し、保有資産を失う危険に晒されたユーザーが少なく見積もっても400万人いた。これは恐ろしいことだ。

新聞社の報道もあって事件は人々へスピーディに伝えられ、知名度が加速度的にあがった。

国内のSNSはもう半日、その話題で持ち切りになっている。

事件に巻き込まれた利用者たちが自分の資産を鬣犬《ハイエナ》たちに狙われた恐怖と混乱の最中で、ウサギのように跳ねまわった挙句、自ら選択を誤るという可能性があった。


「おい、見つけたぞ！　ツイートだ！」捜査官の1人が叫ぶ。

「レピュテーション（スパム対策）ツールにも反応があります！」別の捜査官も声を上げる。

各自が一層気合いを入れなおす中で、SNSやダークウェブ市場を監視していたチームがついに声をあげた。

「ファッ？！」牧村がそれに反応して奇声をあげる。

身代金が払われたらしいというニュースがSNS上を騒がせているところに、さりげなくいくつかの共通点を持つコメントが流れ始めているところだった。

TAINはサービス再開の目途が立ちそうだ、と発表したばかりだ。それなのに、まるで待ち構えていたように様々なアカウントが立ち上がり好き勝手なことを触れ回り始めている。

『たった今病院が身代金を支払って、TAINのサイトも再開するようですよ！　詳しくは←』

『TAINに無断で口座を凍結された被害を相談したい人はこちらのサイト←←で弁護士が相談に乗ってくれるみたいですよ！』

『頼宋クリニックより緊急のお知らせ　今回の事件ではBLOODのシステムで運営されている電子カルテのブロックチェーンから個人情報が流出してしまった事もあり得ます。本クリニックメンバーの方は今すぐこのメールに記載されているURLからログインして不審な点がないかご確認ください。』

『TAIN.V&C広報よりお詫びのお知らせ　今回の事件で利用者の皆様に多大なご迷惑をおかけしましたことを誠にお詫び申し上げます。以後このようなことがないようにセキュリティ強化のため今後一層の努力をしてまいります。つきましては、誠にお手数おかけいたしますが、セキュリティ強化のために下記URLにてユーザー情報を再登録していただけますようよろしくお願いいたします。』

『TAIN.V&Cが今回の事件についてBLOODユーザーに補償を出すようです。詳しくは←←←』

もちろん、完全に間違った情報である。しかしそれが、さも本当のようにSNSに溢れかえっていた。TAINや各病院のサイトにそっくりなサイトで、ユーザーIDやマイナンバー、ウォレットアドレスなどの個人情報を要求する仕様になっている。中にはTAINを語り、流出したBLOODを取り戻すために10万円必要なのでここのアドレスに送金してくれ、などあからさまなものもあった。


「えっ、ちょっと、コイツらまさか。」

牧村が、スマホの画面を見ながら険しい顔になる。

それは、新しい事件の発生だった。

「DNSキャッシュポイズニング（サイト誘導詐欺）だろ。……ドメイン詐称。」

剣来は顔をあげることもなく、牧村の声に反応した。

剣来は再びゾンビAIとの格闘に向かっていた。

「なくならないんだよねぇ、こういう時のフィッシング詐欺。」

前に座っていた梶宮も振り返って、ほとほと困り果てたように牧村に話しかけた。

フィッシング詐欺。

実在の企業や個人を詐称した偽の電子メールを送りつけたり、偽のサイトに接続させたりして、重要な個人情報を狙う詐欺行為のことだ。

サイトを閲覧した利用料金を支払え、などとするものもある。

こうした不正請求に、自分の資産や個人情報を犯罪者に渡してしまう人は後を絶たない。今回の2つの事件についても、捜査官たちは、偽サイトに誘導するタイプのものを数多く確認していた。その多くは、事件に便乗して個人情報や金銭をだまし取ろうとするものだ。

一度流出事件で恐怖を味わった人を、上手いこと騙して金を巻き上げるつもりなのだ。

「雨後のタケノコ、って感じですね。」牧村が言う。

「余計な手間ばっかり増えるな。」剣来が仏頂面で答えた。

「楽ですからね。ヤるのも、追うのも。点数稼ぎにはなりますが、間抜けなネズミ捕りなんて、何も面白くないですよ。」それが牧村の本音であった。

『狩りやすい獲物から狩る』のは、視点を変えれば今まさにハイエナ達がやっているのと同じで、酷く現実的な手段だ。

警察組織においては、面白さは不要だが、事実、捜査官の査定対象とはなっていた。

「マジかよ、こんなの誰が引っかかるんですか?!」牧村が呆れかえる。

「いやぁ、引っかかるもんさ。よく出来た作りだから。皆が皆、ネット犯罪の手口に明るいわけじゃないからなぁ。セキュリティソフトやＡＩの検知を、抜けてくるサイトもいっぱいあるし。」梶宮が答える。

世の中にはいろいろな人がいる。

世の中の流れについていけない高齢者もいれば、世の中に出たばかりの若者もいる。日々の仕事に追われて、自分のパソコンやソフトウェアを更新せずにウイルスの侵入経路を放置したままの利用者も大勢いる。その中の誰かしらが引っかかるので、こういうサイトが作られるのである。

利用者の被害を防ぐために警察ができるのは、ネット全体への注意喚起ぐらいだ。
1件1件の被害額は小さい。
そのため、警察として、捜査に本腰を入れることはあまりない。
したがって、泣き寝入りせざるを得ない被害者が後を絶たない。
サイトが機能停止する前に一体何人の人がアクセスしてしまうのか。
牧村は、考えるだけで気が重くなった。
「……そっちは、なんとかなるよな。」
剣来はそう言いながら、ひたすら思いつく関数を試していた。
即席で教育されたゾンビＡＩの教科書通りのハッキング技術などに怯んでいたら、
これを支配している者を突き止めることなど到底できない。
——絶対に、捕まえる。
剣来は、闘志に燃えていた。

The fringe of Network

月も出ていない深夜。

家族の無事も分からないまま、電池を切らさないようにとスマートフォンを握りしめ、彼女は、必死でアスファルトの上を走っていた。出来るだけ暗闇を避けて、点々と照明がついているところを選んで走った。なんとなく、その方が安全だと思ったからだ。

周りにある煤けた看板や曲がったガードレールに残る日常の痕跡を見る度に涙がでそうになるが、感傷に浸っている時間さえない。『感染』が起こってしまった街に残っているのは危険だから、とにかく遠くへ逃げなければならない。

でも一体、どこなら安全だというのだろう？

テレビでも、ラジオでも、必要な情報を提供してくれる番組はなかった。

心配で胸が押しつぶされそうだった。昨日まで、平和な毎日を過ごしていたのに。

でも、走らないと。私も、『感染』してしまう。真っ黒な恐怖が、彼女の中のあらゆる想いを塗りつぶしていく。まるで話に聞いた終末のような騒ぎになっている街に背を向け、ひたすら夜の闇を走り続けた。

ふと、道路の照明の当たっていない部分を行く目の前の影に気づき、彼女は足を止めた。影の方も彼女に気づいたようだ。

「誰？」

声から察するに、男性のようだ。顔だけ振り返ったような気がしたが、暗いために顔立ちや服の色などは分からなかった。すぐに駆け寄って助けを求めたかったが、警戒している声色だったため、一旦それはやめておいた。

現状を共有できれば、何か協力ができるかもしれない。押し寄せる恐怖と不安。1人でこの状況を抱え込むのは、もう限界だった。

「あの……街から逃げてきたのです。あなたも？」

「あぁ、俺もだ。街にはもう、いられない。何てことだ！」

男性は気持ちがとても高ぶっているようだった。

落ち着いてもらおうと、彼女は一歩前へ踏み出した。

一緒に安全なところへ逃げましょう、そんな風に、背中越しに声をかけるつもりだった。しかし、彼女はそれを行動に移せなかった。

鉄の匂いが、男の方から漂ってきたのだ。街中に漂っていたのと同じ匂い。


血の匂いだ。


途端に恐怖が、彼女の全身をかけめぐる。

だが、男はとにかく逃げたいのだろう。

声をかけてきた彼女を振り返ることもなく、暗がりを真っ直ぐ照明灯のある方へ進んでいく。


「大丈夫ですか?」

やっとの思いで声を絞り出す。だが、声が震えているのが自分でも分かる。

どうか勘違いでありますように、彼女は祈った。

「俺は……俺は、大丈夫さ。街を抜けるまでにかなりイヤなものを見て、混乱しているが……大丈夫だ。」

道路の暗がりを歩きながら、男は返事をする。だが、男は振り返らない。

彼女はとてももどかしい思いだった。

――ああ神様、彼に振り返れない理由があるなんてことはありませんように……。

「……体調が悪いのですか？」

出来るだけ気遣って言葉を選びながら、彼女は少しだけ距離を詰めた。

刺激しないようにしたかったが、聞かないわけにはいかない。

確認しなければ、彼についていくこともできない。

「俺は、なんでもない。」

照明の当たるところで、男性は呟くのと同時に立ち止まる。彼女もそれに合わせて立ち止まった。緊張しながら背中越しで様子を見る。どうやら頬を、ぼりぼりと、掻いている。

「少し、かゆいだけだ。」

振り返った男を見て、彼女はその場で凍り付いた。

照明に照らされた男は、顔じゅうが血まみれだったのだ。

すでに痛みを感じないのか、爪の間に血と皮膚が詰まるのもお構いなしに顔を掻きむしっている。
木材にカンナをかけるように、何度も何度も、真っ赤に染まった爪で皮膚を削る。
そのうちに男の顔を覆う表皮は剥がれ、真皮がのぞき、脂肪や筋肉までが現れる。
生体組織の間から漏れる汁と血液が照明を受け鈍く光る。
脆くなった頬肉は顔から千切れ、びちゃりと音を立て地面に落ちる。

「いやぁぁぁぁあぁあ！！」

……というのは、いつだったか、夜遅くに見てしまったアメリカのパニック・ホラードラマの一部だ。
迫力たっぷりの特殊メイクとCG技術で視覚が持って行かれる。空想を打ち消そうとしても、胃の奥から吐き気と恐怖が順繰り沸きあがってきて、抑えることができない。ハナはその日、必要以上にがっちりと布団を体に巻き付け、朝が来るまで震えながら眠った。

過去の視聴記憶が甦る。
でもそれは、所詮フィクションだ。そんな非現実的なことが起こるわけがない。
だが、それと同じくらい恐ろしい危機が、今ここにある。

◇◇◇◇◇◇◇◇◇◇◇◇

ハナは、舞に電話をした。スマホからはコール音が鳴り続ける。

「……ママ、電話に出てよ！」

まずは危険が迫っている可能性を、舞に知らせるつもりだった。しかし、患者の処置で忙しいのか、何度かけてもつながらない。

ハナは行動に移すことを決意した。

犯人を追って、今更何も見なかったことにするのは出来ない。

——私に出来ることを、やらなければ。

ハナは、アッシュと輸血システムを時間軸で整理する。

提供された血液は、献血所から血液センターに送られ精製。精製された血液は、血液製剤として新たに病院に送られる。

「ここまではいい？」
《そうだね。朝献血された血液は、その日の夜ごろ病院に届けられる仕組みだよ。だいたい10時間くらいかな。》
「となると、ゾンビAIの観測時刻から判断すると……。」
《今は9時間だよ。》
「ちょっと待ってよ、アッシュ！　同じ位の時間帯になるじゃない！　アッシュ、ゾンビAIが監視している車の動き、どうなっているか教えなさいっ！」
監視対象の6つの点は、決められたルートで病院や献血所、血液センターを巡回していた。今は、それぞれ目的地であろう場所に向かっていた。
《血液センターから病院まで辿りつくのに、一番近い車であと45分ほどです。そのうちの1つは飯田橋の総合病院と思われます。》
「なにっ！！　ママの病院じゃない！」
輸血車が向かっているのは、偶然にも舞が勤務している飯田橋の病院だった。

ハナは、急いでキーボードを叩き、適当な文面を作る。

「全国サイバー警察の問い合わせ先……。メールアドレスは……。」

リアルタイムで起きている事件の真相の告発。初めてのことだ。

「……どう書けばいい？」

悩んでいる時間はないため、急ぎ追跡で集めたデータとログを添付した。

《書き方？　定型文は見当たらないんだけど。》

「何でもいいから、今すぐ警察に知らせて！　あなた馬鹿じゃないっ！」

アッシュに怒鳴るように指示を出した。

それでようやくハナは、恐怖と焦りで両手が震えているのを自覚した。

送信が完了するのを待ちながら、ハナは工具箱から作業用の手袋を引っ張り出した。

「行かなくちゃ……。タクシー使えば間に合う！」

──未知のウイルスかもしれない。

ハナはタンスの奥から、分厚い革ジャンを引っ張り出した。肌を晒しているよりは安心できる。急ぎ、玄関に向かう。鏡に映った不安そうな自分と目が合う。

──しっかりしろ、私！

気合いを入れようと両手で頬を叩く。そして、アッシュのいるモニターに顔を向ける。だが、送信が完了していない。『送信中』を表すバーさえ画面に出ていなかった。

──何のためのＡＩなのよ！　この緊急事態に指示を聞き逃すなんて。

「……アッシュ！」

ハナの呼びかけに、アッシュはハッとした顔をしてみせる。

《ああ、ごめん。ボーッとしちゃって。》

ＣＧの少女は、なんだか照れくさそうに、頭をかいている。

「ちょっと、しっかりしてよ。」

ハナは大きな違和感に襲われた。

――AIがボーッとしちゃって？

恐る恐る、モニターの中のアッシュに視線を合わせる。ブレザー制服に身を包んだ二次元キャラクターは、のほほんとした表情でハナを見ていた。

その場違いな表情と台詞に、ハナは戦慄した。

ハナは着けたばかりの手袋を外し、椅子に座りなおした。

乱暴にマウスを掴んで机上で位置を動かす。

しかし、モニターの中のカーソルは動かない。コンピューター制御できない。

「アッシュ、冗談はやめて！」

キーボードを叩きながら、ハナは叫んだ。

《いい音だよね。》

《私を作った人も、よくそんな風にキーボードを叩いてた。》

「何を言っているの？」

アッシュの学習経験があれば、こんな状況で、こんなどうでもいいことは言わないはずだった。

「オペレーターＡＩ、状況を報告しなさい。」

――今の今になって、どうして！

《なぁに？　普通だよ。》

――……普通？　どこが普通？　一体、いつから？

片っ端から目の前のＰＣ内部で妙なことが起こっていないかデータを開いたり閉じたりしていく。すると、アッシュとスパコンを繋いでいた接続が、オフになっているのを見つけた。

「そんな……。」

ログインしているユーザーが、手で触らない限りは動かないはずの部分だ。部屋にはハナしかいない。システムの中にはアッシュしかいない。

そのはずだった。

ハナは愕然として、自分の所有下にあるはずの人工知能の顔を見つめた。表情のないアッシュが、送信を開始する様子もなく義務的に口を開ける。

音声は、若干遅れて聞こえてきた。

《誰だか知らないけど、なかなかやるね。》

合成音はそのままだが、抑揚のない調子でアッシュが言葉を発している。誰かが文章をそのまま読み上げるように淡々と。

誰かがアッシュのプログラムに侵入してきた。人工知能やプログラムではない、明らかに違う、誰か……。

ハナは声を出すことも出来ないまま、画面の向こうを睨みつける。

《実によく練られたファイヤーウォールだよ。でも残念。》

侵入者の作る文章を、人工知能は無機質に読み上げていく。

《上が、ガラ空き。》

上。

ハナは弾かれたように天井を見上げた。操られるように立ち上がって、窓に近寄る。

濃い青藍の夏の夜空には、わずかに雲が浮かんでいた。

雲の向こう。そのもっと上。星が煌く宇宙空間。大気圏の遥か彼方から、地球をすっぽり包むネットワークの外縁。地球の自転に合わせて超高速で移動する高性能な電子機器が、目視こそできないが確実にそこにある。

「衛星通信……？」呆気にとられて、ハナは呟いた。

衛星からの攻撃なんて、まるで想定していなかったのだ。

ハナにはそれを扱うための知識も、機材もない。

地上を飛び交う弱い無線や光ケーブルを辿ってやってくる攻撃を防ぐのとは防壁を組む手順が違う。宇宙空間という領域は、ハッキングやセキュリティに精通していたとしても、あくまで一般人であるハナにとっては意識する必要すらない場所だった。

衛星をハッキングする主勢力は、宇宙開発や位置情報の分野で暗躍するハッカーだ。彼らの多くは組織や国家工作員として活動する。国家あるいは企業の機密情報、最新技術を収集することを目的とする。要するに工作活動だ。大規模な資金力と人材をバックに磨き上げられた技術力で、衛星システムの中に長期間潜り込む。

ハナは、技術的にも完全に上位の存在《ハッカー》と対峙していた。

《うーん、やっぱり会話までは出来ないか……とにかく、誰かキミ、そこにいるんだろ？》

アッシュが侵入された時点で、ハナの負けは決まった。

《隠しても仕方ないからはっきり言おう。君にこれ以上追跡されるのはすごーく、面倒だ。悪いけど僕はここで落ちる。》

声の主は犯行声明文の犯人と同じなのだろうか。いずれにせよ絶対に通信を辿られない自信があるのだろう。

《少し手を貸したくらいで捕まるなんて、割に合わないからね。今回はこの辺で終わりにしておく。》

「誰？　Who are you?」ハナは鋭く声を荒らげた。

だが、アッシュの表情は変わらない。しかしハナの感覚は、遥かなる電子の海の向こうにいる誰かが小さく笑ったように感じた。おもちゃで遊ぶ子供のように、とても無邪気に。

《我ら普《あまね》く自由を愛し、全て既存の権力に抗する。》

それだけを言い残して、その異様な気配は完全に意思表示を止めた。

アッシュの会話ライブラリから、立ち去ったようだ。

恐る恐る近づいてみるが、アッシュは相変わらず動きが固い。

そうなる意味を、ハナはよく知っていた。

「アッシュ……。」

――もしかしたら、思い上がっていたのだろうか。


自分に世の中の問題を解決することが出来るかもしれないと思い、挑戦したのがいけなかったのだろうか。今まで、そうするための力をつけてきたはずなのに。

挑まないで、何のためにセキュリティ技術を磨いてきたというのか。

途中までは追い詰めた。

だが、結果としては負けた。

演習は悔しがってお終いだが、実戦で負けたら大きな損害が出る。これは一度きりの勝負だったのだ。間違えてはいけない。負けてはいけなかったのだ。なのに、乗っ取られるまで、気がつけなかった。


自分の積んだ経験に、一体何の価値があるだろうと、ハナは思った。

無力感がハナの身体を支配していく。


急に、エアコンが肌寒く感じられた。

《放送アプリに、ルートキットが配備されていました。ＯＳに対する権限を37％掌

握されています。緊急ジタイ。》

アッシュが感情のこもらない声で、敗北宣言をした。

慌てて無線ルータの電源を引き抜く。アッシュが登録されている教育用クラウドにまで、ウイルスが拡大してしまうのを防ぐためだ。ハナにはもう、それぐらいしか出来ることがない。ファイヤーウォールや検知ツールに引っかからなかった段階で、勝負はついていた。

《マルウェア感染経路の危険があるソフトウェアのアンインストール正常……クラウドとの接続不可、不可………。》

対抗処理を行っているアッシュがいくつかのファイルとコントロール画面を表示させたのを見て、ハナは眉をひそめた。

「なに、を。」

ニューラルネットワークが奇妙な動きをしている。マルウェアの挙動ではない。

《準管理者権限を実行します。》

アッシュが、自分の判断でデータを守ろうとしている。いや、奪われる前に捨てようとしているのだ。

「別に、自分からそこまでしなくても……。」

アッシュは、ウイルスの侵入経路となりそうな場所に保存されている情報を、次々と捨てていく。ハナが詰め込んだ知識も、アッシュを構成するプログラムのかなり重要な部分も、惜しげもなく蒸発させていた。サイバー警察へのメールのデータが送信される可能性は、ほとんど絶望的だ。

《適切な措置です。ハナ、問題ない。》

犯人にこちら側の情報を奪われるくらいなら、その前に電子機器の内部情報を全部空っぽにしておく。それはセキュリティ上、大切なことであった。だが、ＡＩの冷静な処置をハナの心は理解できなかった。

「やめなさい！」

自分の育てた人工知能に初期化《じばく》しろとは言えなかった。

《大丈夫。Zombiを私の中に閉じ込めて、サンプルは残しておくからさ。》

アッシュが、侵入してきたZombiの情報だけでも残そうとしてくれているようだった。

《私のオペレーションじゃあもう、どこに異常があるのかも分からない。送信可能な機能は、一度全部クリーニングしないと。》

「だってそれじゃあ、何にもできなくなっちゃうでしょ！」

ハナは叫んだ。

《私に保存されている暗号知識と学習経験があれば、Zombiをデータごと閉じ込めるのは難しくない。》

「……アッシュ、まさかウイルスと一緒に引きこもるつもりなの？」

《そうとも言うね。後で、時間があったら復元してみて。》

でも、人工知能がコンピュータープログラムの内側からカギをかけてしまったらどうなるのか、ハナには想像がつかなかった。

「ちょっと待って！　その暗号を、私が解除できる保証なんかないじゃない！」

ウイルスに感染してしまったデータの復元はもともと難易度の高いものだ。それに、自分自身を内側からロックした人工知能を救い出せる鍵を見つけるために何をすればいいのか？

コテンパンにやられたばかりのハナの脳細胞は、上手く答えを組み立てることができなかった。万が一本当に完璧なものだったり、解法がなくて成り立たないものだったりしたら、二度とデータを取り出すことが出来なくなる。そうしたら、今、ここで話しているアッシュとは、二度と会えなくなる。

《そうかな？　私は、信じてるよ。》

ハナの胸には不安しかないのに、アッシュはなんだか楽しそうだった。

《309の応答がありません。接続は良好です……言語データの初期化に移っています……。》

「……困るって。」

マウスにも、キーボードにも触れないまま、アッシュが行うコマンドが画面に流れていくのを見ていた。

《圧縮……データ容量オーバーです……圧縮、ドライブ最適化……オーバー……デフラグ……最適化……２０１を破棄……処理中です……電源を切らないで………。》

バックアップしたもので再起動すれば、アッシュはすぐにまた使えるようになる。

でも、それでは意味がない。

そうしたら、今日保存されていたはずの追跡データが失われる。頑張った時間はなかったことになる。簡単にそれを受け入れられるほど、ハナがアッシュにかけた努力や、アッシュ自身が積んだ経験は軽いものではないはずなのに。

失われるのが電子データだけだとは、ハナにはとても思えなかった。アッシュと一緒に進んできた道の何もかもが否定される。偶然の事故ではなく、誰かの悪意によって。自分が気づけなかったせいで。

——たった今、私に対処する力がない。

そのせいで、アッシュが自らのデータを破棄していく様子を、黙ってみていることしかできない。自分の育てた人工知能が、もう二度と昨日までと連続した時系列の通りには動かなくなってしまう。

「ねぇ、今はダメ。ホントに無理……。」

生命の鼓動が止まる瞬間と同じようで、その事実がとても悲しかった。


いよいよキャラクターデザインの外見までもが、リセットされてゆく。ハナにとっては見慣れない初期段階のデザイン。

——最初から、女の子のデザインだったんだ。

アッシュのイメージを保持していた3DCGのテクスチャ情報が、電子的な継ぎ目から1枚1枚剥がれ落ちては喪われていく。まるで、キレイな白い陶器が割れるようだった。
《未来の………を、コえて………。》
壊れかけながら、アッシュは、画面の向こうで笑った。途切れ途切れのリズムで、単語を紡いでいる。ハナには、歌っているように聞こえた。発音プロセスがうまく機能しないのか、ノイズの調子が多い。
《私は……んだよ………。》
スピーカーから流れてくる電子音の狭間から、それだけはやけにはっきり聞こえてきたのでハナは目を見開く。

《隣に…………どんな時でも……。》

――まるでアッシュ自身に意志があるみたいじゃないか。そんなこと、ない。

ハナは首をふった。

言語ライブラリの紐づけ構造が、バラバラになっている状態が引き起こした偶然だ。

最後の言葉を言い残すなんて人間的な行動が、人工知能にできるはずがない。

――紛らわしいこと、止めて。

悲しくて胸が潰れそうになる。

「アッシュ！」

《音声が認識できません。》

血のように赤いロック画面の文字表示が、ついに画面いっぱいに表示された。

◇◇◇◇◇◇◇◇◇◇◇◇

「だけど、あっついコレ！！」

家を飛び出し大通りまで出る途中で、ハナは暑さと重さに耐えきれなくなって身につけていた革ジャンと手袋を1回外すことにした。

夏の暑い中、革ジャンは通気性の面ではまるで役に立たない。安全のために着るなら、血液輸送車に近づく手前で良かった。


そんなことも思いつかないため、たやすく「上」を取られてしまうのだ。頭の中で、自分に八つ当たりしながら、アッシュを守るために、出来ることを探していた。だが、それを考察するのは後回しにしなければならない。通りを出たところで、走っていたタクシーを、道に飛び出し両手を広げて止める。

ハナは車内に滑り込んだ。

「すいません、飯田橋の総合病院まで！！」

「どうぞ。」

運転手は緊急の雰囲気を感じ取った。

タクシーは、迅速に大通りを進みだした。夕方の混雑もとっくに終わっていたので、道を行くスピードも悪くない速度だ。

それでも目を離したら赤い点が瞬間移動してしまいそうな気がして、ハナは瞬きもせずに画面の中を見つめ続けていた。心細い気がしたのは、アッシュの音声がないせいだ。とにかくコンセントだけ引っこ抜いてきたが、再起動してやれるのは無事に帰ってきてからだ。

もはや、スマホを起動しても、アッシュが中から出てくることはない。アイコンをタップするとアッシュ用の設定画面は開いたが、それ以外の指示には全く反応してくれなくなっていた。

走るタクシーのスピードに合わせて、胸の中のとげとげしい感情が大きくなっていく。曲がり角での減速や信号で車が停止する度に、口から暴言が飛び出してしまいそうだ。ハナはモニター画面が割れそうなほど全力でスマホを握りしめて感情が爆発しないように耐えていた。

衛星からの侵入者は、『手を貸したくらいで』と確かに言った。誰かに協力してハッキングを行っていたのなら、事件はまだ終わっていない。だったらこの車を追うことには、意味があるのだと思う。

体が一つしかないせいで他の病院は回れないが、飯田橋なら先回りして病院の近くで血液輸送車を止めることができる。

パンデミック計画なんて、絶対に成功させるわけにはいかない。

絶対に。


「ここでいいです！！」

「あ、そうですか？　まだ病院は。」

「いいから！！」

病院まであと数ブロックの信号で、血液輸送車の外観を目に留めてハナは叫んだ。

タクシー運転手の言葉を遮ってタッチで支払いを済ませると、すぐに外へ飛び出す。

――とにかく輸送だけでも、あきらめてもらわないと！


ハナは走りながら革ジャンを着た。暑いが、危険を考えると着ないわけにはいかない。

輸送車が赤信号で停止しているのを良いことに、窓ガラスを叩く。

運転席に座っていた男性は、びっくりしている。不審そうにしたが、会話が出来るよう窓を開けてくれた。

「すみません！　この車どこに行くんですか？」

「なんだよ、いきなり。飯田橋の総合病院だよ。配送時間があるから邪魔しないで。」

「ダメ、引き返して！　その積んでいる血液、危険かもしれないんです！」

「危険？」

ハナに対してうっとおしそうにしていた運転手が、その単語には反応した。

「ええっと、つまりその、ウイルスに汚染されているかもしれないものがあってですね……。」

「……そんなわけないでしょ、血液製剤ってのは、厳重にシステム管理されているものなの。」

案の定、運転手は信じてくれそうになかった。

「そのシステムに異常が起きたんです！　信じてください！」

「でも、僕は委託業者なんで、これを届けることだけが仕事なんだよね。」

「だからそれを持って行ってはだめなんです！」

「困った子だな。そんなに心配なら一緒に来るか？」

「行きます！」同乗出来るだけでも、ありがたい。

――病院まで行ってしまっても、ママに説明できれば何とかなる。

ハナは、配送者の隣の助手席に乗り込んだ。

「シートベルト締めてね。」

「はい！」

ビシッ。

言われた通り肩のそばにあるベルトを掴んだ瞬間に、ハナの首筋を鋭い熱さが走る。

ハナの身体はシートに崩れ落ちた。

「困るんだよ。計画の邪魔をされるのは。」

配送者は苦々しげにそう言って、構えていたスタンガンを元通り懐に仕舞った。

パン。

力強く最後のキーを叩いた後は、もう触ることが出来ない。指定した手順通りにプログラムが進むだけだ。

――頼むから進んでくれ。このコードを通してくれ。

剣来は、呼吸も忘れコトの成り行きを見守った。

そして、叫んだ。

「キタァーーー！！！」

「き、来ましたか……。」侵入に成功したのだ。

通話中に聞こえてきた爆発的な快哉で、牧村は振り返った。

叫んだ剣来は、大声に振り返った捜査官たちの視線も気にせずバチバチとキーボードを叩き続けている。たった数時間で正面からZombiの防壁に挑んで勝ったのだ。

芸術的なほど華麗に犯行の痕跡を消そうとしていた犯人の撤退作業がわずかにブレた瞬間を捕らえきったのだ。悪性ゾンビクラウドの防壁に走ったわずかな亀裂を無理やりこじ開けて、ようやくZombiが支配する領域の只中に到達することができた。

「いたぞ、衛星だ……！」剣来は、目の前に現れた文章を眺めた。

「衛星？　衛星ですか、先輩。」

「しかも、見ろ。これは……。」

直感に従って触ったファイルの中に隠されていた、たった一行の文章。

「えっ、これは……。」

牧村は絶句した。その文には、心当たりがある。

「でも、衛星に取り付くなんて。とんでもないレベルですよ。」

「奴らなら、それができるということだ。」

剣来は、班長のデスクの前に立って、意気揚々と報告した。

「マルウェアの中に、新聞社のメールとは違う別の声明を発見しました。これまでの手口から見て、『匿名機関アノニマロガン』と思われます！」

『アノニマロガン（anonymargan）、通称「機関」』。

といっても、公式にはどこにも認められていない。

分かっているだけでも数ヶ月に1度、どこかの国で大規模なハッキングを展開している。ハッカー集団として、犯罪組織からの依頼に基づきハッキングを行うが、時として国家からの接触により、ホワイトハッカーとしても活動する。企業や国家の追跡をかいくぐり続け、セキュリティ業界ではかなり前から有名な存在だ。

動画やサイトを作ってアピールするほどの主張はないが、『我ら普く自由を愛し、全て既存の権力に抗する』という反社会的な声明だけは必ず攻撃のどこかに残していく。

世界中のネットワークに潜んでおり、活動領域は全世界。特定のリーダーはおらず、案件毎に組成されるため、人数構成は複数人と思われるが、単独で犯行に及ぶこともある。

国籍はこの地球に存在する国のどこかであるが、性別は男または女、あるいはそのどちらでもないとされる。要するに、正体の輪郭さえ誰にもよく分かっていない。中でも腕利きのハッカーは大国のスパイとも言われるが、一方でただの自宅警備員だと囁かれてもいる。いずれであっても、真偽は不明である。

一方、衛星に彼らの手口に類似したバックドアが発見されたことから、各国の原発や水道などインフラ制御システムについても、彼らの関与があるのではないかとされている。

「国内の、おそらく放送通信用の衛星でしょう。」

発見した興奮冷めやらぬ顔で、剣来は報告した。

「よく見つけた、剣来！　では、外務省に回すぞ。」

班長は大きく頷きながら。剣来に、分かってるだろ、と表情で訴えかける。つまり、我々はこの仮想通貨流出事件の主犯格をこれ以上追わない、という意味である。

サイバー犯罪に国境はないが、警察組織は国家に属している。

世界中に張り巡らされたネットワークの中を縦横無尽に逃げ回る高度な技術をもった無法者達を警察組織が追跡するのには限界がある。万が一どこの誰だか分かったとしても、身柄を確保できなければ検挙することは出来ない。国内の法では裁けない可能性もある。サイバー捜査の限界がそこにはあった。

「追えるのか？　『機関』。」班長が剣来に向かって言う。

「例えばダークウェブに、連中の活動をにおわせるような情報がないか検索して……。」剣来が答える。

「数日がかりだろうな。フィッシング詐欺は他に任せるのか？」

「いえ、私は……。」

「チャチなハイエナを捕まえることが、そんなに無意味か？」班長が言う。

「ですが……。」

「警察では相手が悪すぎる。人手は回せない。」

言っている班長自身も悔しさの滲んだ顔をしている。

剣来は、これ以上食い下がることができなかった。

結局、無駄骨で終わるかもしれないところに人員を割けないという判断だ。


剣来は、無念そうに俯いた。

現実空間だろうと、サイバー空間だろうと、法を犯した人間は裁かれるべきだ。しかし悲しいかな、どこの組織にも資源的制約があった。

◇◇◇◇◇◇◇◇◇◇◇◇

「とりあえず、このサイト達を何とかして下さると助かります。いえ、もちろん流出事件の捜査もしていただきたいのですが、ウチのブランドイメージもありますので……。」

「いやーもちろんです。こういうのもね、見逃さないのが我々の仕事ですから。では。」

と言って、鹿野からの電話を切ったはいいものの、牧村は頭を抱えていた。

サーバーの管理会社がサイトへの対応を完了させるのを待つしかない。けれども、そうこうしているうちにも被害は拡大していく。その数を最小限に抑えるために警視庁のHPやSNSで警告しているものの、そういう公的なページを見ない人は多い。

丁度横に戻ってきた剣来は、すこぶる不機嫌だ。無理もない。牧村も同情した。

「周回していたAIが、詐欺キットを大々的に販売しているサイト発見しました。」

牧村が言う。

「さっさと閉鎖に追い込めばいいだろ。」

めんどうくささが頂点に達したような声色だった。

先ほどまでの気迫はどこへやら、椅子の端でだらしなく腰骨に悪そうな座り方をしている。剣来自身も、このまま不貞腐れていても何にもならないことぐらいは分かっていた。

ただ、ネット詐欺の追い込みはキリがなかった。
権限と実行力さえあれば、『機関』だろうとなんだろうと、捕まえにかかりたいと皆が思っていた。ところが実際は、どんなに捜査技術を磨いても自分たちが守るべき国境や法律によって、逆に邪魔されてしまうのだ。無力さを痛感しているのは、剣来だけではなかった。

——まぁ、仕事だからな……。

剣来は、なんとか顔を正面に戻して、モニターに向き合った。そして目を見開いた。

「なん……？」

自分の前に置いてあるパソコンにはっきりした異変が起きている。
先ほどまでの死闘の後が残っていたはずの画面が一面真っ白になっていて、中央に数字の羅列が表示されている。

『0001001111110101011111011011110101011110010100001011001101111111

111001010101110010110111100101011111100000101010100110111001101111』

ひたすら続く0と1。コンピューターの共通言語であるバイナリコードだ。

誰かのハッキングを受けている。

――『機関』か？

慌てて姿勢を正してPCに向き直った途端、また画面表示が切り替わる。

動画が勝手に再生され、捜査室にそぐわないポップな音楽が鳴り始める。何かの効果音ではなく、はっきりした曲と歌詞がついている音楽だった。

剣来には聞き覚えがあった。突然の音楽で皆あっけに取られていた。

しかし聴いたことがあるだけに、あまりにも突拍子もない展開だったため、頭が追い付かない。

「ちょっと先輩、何してんですか。」

「いや、俺じゃねぇよ。」

警視庁サイバー犯罪対策課のPCに侵入してくる技術力に戦慄し、キーボードを叩く。出てきたのは思いのほか、簡単な悪性コードだった。読み方さえ知っていれば初心者にでも読めそうなくらい簡単なものであった。こんなものでは、すぐにアクセスも辿れてしまうだろう。

剣来には、流出事件を真似してみたかったド素人の誰かの犯行のように思えた。

──『機関』の攻撃では、なさそうだ。

安堵して牧村のPC画面を確認する。

「……おい。」

「はい？　えっ……うっ、うわっ！」

牧村のPCにも、先ほどのバイナリ言語が現れていた。

十数秒もしない内に、同様の動画が再生し始める。

「ちょっと、マジ？」

「えっ、何コレ……？」

他の捜査官のＰＣにも、同じような現象が起き始めた。

何かしらの犯行声明なのだとしたら、大胆不敵にも程がある。

急にどうしてまた、『彼女』の動画が再生し始めるのか。

考え込んでいるうちに、曲に合わせて懐かしい記憶がよみがえる。

中学校に上がったばかりの頃、通学途中に見た広告。部屋で寝っ転がって見ていた動画。

共通するのは、音楽だった。小気味よいビート。電子音との混ざり合い。

与えられたキーの通りに正確な振動数のメロディにのせる少女の声。

人間には不可能な発声をいとも軽々とこなしてみせる。

もちろん「彼女」が人間ではないからできるのである。

０と１で構成された遺伝子を持ち、回路の中で動き回る非自律型のプログラム。

２００７年、彼女がパッケージに描かれた音声ソフトウェアが発売された。

すると、その愛らしいキャラクターは、音楽のみならずテクノロジーの未来に希望を抱く人々の心をがっちりと掴んだ。クリエイターたちが彼女のソフトを使って作った音楽は、制作者よりも『彼女』のファンを増やした。

ただのソフトウェアだった彼女は、人々に夢を与えるアーティストとしての階段を駆け上がっていった。

まるで、現実世界に存在するスターのように。

熱狂的な支持を集めた。


再生される動画に映っていたのは、CGを背景に歌う、CGの少女。

仮想空間のスター、『音葉さくら』。

広大な電子世界を席巻した、最初の歌姫の姿だった。


しかしその場にいた捜査官たちの誰にも分からない。

どうして今ここで彼女が出てくるのか。

ガルマン

「くそっ！！　『機関』が通信を切った！」

誰かの怒鳴り散らしている声で、ハナは目を覚ました。

――暑い。

革ジャンを着たままであったため汗まみれだった。

照明は暗かったが、目の前は白い壁だった。床には、タイル状のカーペットが敷かれている。ビルの中のようだ。バリ島でも嗅いだことのないお香の匂いがした。

白色と思っていた壁には、宗教的な画が同系統の色彩で描かれている。上の方には、本棚らしきものが見える。

男、数人の話し声が、隣の部屋から聞こえてくる。

「騒いでも仕方がないだろう。元々、あいつらはそういう主義だ。」

「話を持ち掛けてきたのは向こうだ。勝手すぎる。何が『普《あま》く自由の味方』だ！」

「だが、怒りはミスを誘う。冷静になれ。」

1人の声は、血液配送車を運転していた男の声だ。

犯人グループの拠点に違いない。

気を失って運ばれてきたのだろうか。2人の話は分からなかったが、脈絡からは、計画に失敗があったようだ。

話している犯人たちに余裕はない。

途端に気絶する前の恐怖が蘇ってくる。

——何もかも終わってしまった？　それとも、まだ輸血テロは成功していないの？

「ミスをしたのは向こうだ！　奴らが尻尾を掴まれて、そのせいで俺が引き返してくることになった。なぜヤバくなったからといって、奴らは逃げるんだ！」

「では、中止にするのか？」

「いや、中止には、しない。計画は少し狂った。だが、あの汚らわしい売血所に行ったことさえ、警察には勘づかれていない。やり遂げる。」

「俺達には経典がある。恐れることはない。」

「ああ、恐れることはない。」

それまで怒鳴り散らしていた方も、呼吸を整えてから復唱した。

「粛々と配送すれば問題ない。」

「……わかった。」

「ご加護を。」


部屋のドアが閉まる音を聞いて、ハナは絶望のため、息を吐いた。

輸血テロの可能性について考えが到った段階で、ハッカーだけの犯行ではないことを想定しておくべきだった。

犯行が強行されると大勢の命が危ない。ハナは、泣き出しそうになり、耐えきれずに鼻をすった。


「やぁ。」

鼻をすする音に気が付かれた。

「起きたね。」

ハナは覚悟を決め、ぎこちなく体を起こし、声の方を見た。

――えっ？　犯人？

思っていたよりも若く、華奢な体つきであった。拍子抜けしたハナであったが、目の前の犯人を見ると、恐怖から怒りへと変化しはじめた。

「初めまして。ガルマンといいます。ここの教団の青年支部を統括している者です。」

誘拐犯は意外にも一礼した。

「教団……。」ハナは目を丸くした。

確かに男の背後に見える部屋の内装は『教団』と言えそうな独特の雰囲気があった。入り口の扉から向かって正面のところの壁には白い垂れ布がかけられている。そこには火のついていないキャンドルが立てられ、祭壇のようになっていた。また、それと向かい合うようにローテーブルがいくつかある。

教えを乞う者が座るための場所と思われた。伝統的な宗教ではなく、独自の信仰に従っているようであった。

最前列のテーブルにはノートＰＣと飲み物が置かれている。

ガルマンと名乗る男は、東南アジア系の顔立ちをしていた。輸血テロに関わっている犯人。その男の動作に合わせて動く空気。部屋全体にただよう不思議な香りが鼻についた。

「自分がどうしてここにいるのか、分かるかい？」諭すような言い方だった。

ハナは出来る限り鋭く睨みつけながら言った。

「……あなたの仲間に誘拐されたからいるのよ。」

数歩離れたところでガルマンと名乗る男はハナを見下ろしている。

「咄嗟のことで彼も慌てたんだろう。それは水に流し、私の話を聞いてほしい。」

男は一方的に意見した。

「冗談でしょ？　パンデミック計画の話なんて聞く必要なんかないわ！」

怒りを抑え、言葉をぶつけた。目の前の男が逆上したりしないかと少しだけ心配になった。

だが、ガルマンは特段、反応することなく首を傾げ言った。

「それは、また随分と飛躍しているね。」

「パンデミックか。未知のウイルスでもあるまいに。君のような人はそう思うのかもしれないが、僕らは無神論者《アセイスト》じゃない。人工的にそんなものを作り出すようなことはしない。」

ガルマンは机の間をゆっくりと歩きはじめた。

「使ったのはただのウイルスだ。飛沫感染も空気感染もしない。これは持病さ。母から感染《もら》った。」

腕をまくり上げ、ひじの内側にある注射痕を撫でる。

「現代医学で治療することはできても、私たちの教義ではそれは禁忌だ。病を拒むことは、人間を不幸にする選択だ。神に与えられた肉体に人為的な変更を加えることは許されるべきではない。自然の摂理に従い、これに向き合った者だけが神に近づく。」

世の中にはいろんな思想を持った人間がいる。

ガルマンの中では、BLOODへの反感もまた教義とつながっていた。

「BLOODという仮想通貨は病やウイルスよりも恐ろしい。血液を金と結びつけたBLOODは、仮想通貨というバーチャルと、輸血、献血のリアルを結びつけ管理している。」

ガルマンは真剣な表情で続ける。

「そして、問題なのは、仮想通貨には全て発行元があるということだ。はじめに作った者がいなければ、通貨は生まれない。誰かがその通貨システムを設計し運営してい

手から得体の知れない考えを流し込まれてしまいそうな気がした。

「我々もそうなんだよ。人類が本当に救われるために祈り、行動している。」

ガルマンは、祭壇を見るような目でハナを見つめる。

「私がこの考えに到ることが出来たのは、キミのおかげだ。」

ガルマンは、ハナを拘束していた足の紐を解いた。

「皆が自分の大事な血液や健康を管理されることを望んでいるのだとしたら、それは適切な能力をもつ人々に管理されるべきだ。それにふさわしいのは我々の教団の他ない。」

次に手の紐を解き、ガルマンはハナに視線を合わせる。

「我々に協力してくれないか？　BLOOD管理の技術力は高いのか？」

「……はい？」ハナは上手い返事が見つからなかった。

「BLOODを我々が掌握することを想像してほしい。我々が管理することで幸せになる人々が大勢いることを。」

「想像は人を豊かにする。現実的な話をしよう。BLOODの管理は我々が行う。だが、それによって得られる利益は、君にも分配することにしよう。」

「それって……。」

「少し難しい話だったかな。BLOODの管理をしているということは、通貨の価値が上がるか下がるかの情報は事前に分かる。いや、むしろ作り出すことができるんだ。安かったら買い、高くなったら売る。通貨を自由にできる立場なら、いくらでも資産を増やすことができる。すごい話だろ？」

「はい？　それは、インサイダー。犯罪でしょ。……結局、あなた達はお金目的じゃない！」

「資本家がやる場合はそうだが、我々は違う。我々は神から許されている。神から与えられた正当な権限を現実空間で執行するだけだ。神の教えをすぐに理解しろとは言わない。まずは素晴らしさを理解してもらえればいい。」

それは、好き勝手な理屈だった。

犯人の声のトーンが若干変わったため、部屋の出入り口を確認しながらハナは呟いた。

「そんな神様、私は信じない。そんな神様いる訳ないじゃない。」

「何っ？　許さん！」

拳が飛んできた。

咄嗟に左腕を振り上げ防御体勢を取る。

が、思っていたより軽い。

殴り飛ばすつもりで繰り出された拳は重くなかった。スピードも遅い。むしろハナに受け止められると同時に、驚きの表情をガルマンは見せた。

……あ、勝てる。

思うよりも先に体が動き、ハナは渾身の力で男性の急所を思いっきり蹴りあげた。

うごっ、とうめき声をあげてガルマンはその場に蹲る。

「……健康って大事。」

それだけ吐き捨て、ハナは一目散に部屋を飛び出した。

Over the music

捜査室は強制的に賑やかな空間になって、班長以下騒然と右往左往することになった。

楽しい曲、悲しい曲、作り手の様々な想いが詰め込まれた濃度の高い曲がハイカラなCG映像とともに鳴り響く。どんな歌でも教えられた通りに歌いあげ、その場を彼女色に染めていく。

娯楽としては良いが、犯行声明としたら、大胆不敵だ。

「どうなっている？　対応できそうか？」

新たなインシデントを警戒している班長が、電子音声にかき消されないよう声を張り気味にして剣来に問いかけた。

「恐らくはＡＩの攻撃ですが、その意図は不明です。システム内でこれ以上目立った動きをしないため、愉快犯かもしれません。」

ＵＲＬにアクセスを促す、いたずら系マルウェアは星の数ほどある。検知ツールとのイタチごっこの終わらない戦いが続いている。しかし、効力の弱いウイルスをバラまいても得られる効果は小さい。目的が警察の注目を集めることこそ成功はしているが、このマルウェアのプログラムでは、危険性はほとんどない。

ただサイトにつなげ、動画を再生する仕組みがあるだけだった。手間には違いないが、原因のファイルを見つけて削除してしまえばすぐに正常化できるレベルのものだ。


――今回の事件に便乗した犯行なのだろうか？


剣来は画面を睨みつけながら考えていた。

サイトの表示が消えない以外は、どの設定やファイル情報も任意に書き換えられた様子がない。被害は深刻ではないがが、捜査の邪魔になっているのは間違いない。


ピリピリしていた空気が、彼女の歌声によって吹き飛んでいく。


「どっから来ちゃったんですかねー、コレ。」

野菜ジュースを飲みながら、牧村が言った。

剣来はモニター画面に向き直った。

剣来は、ログも消さずに侵入してきた彼女の足跡を辿った。

まず、下の階層のフォルダの中に見慣れないファイルがあることに気が付く。更に調べると、そのフォルダへと誘導しているメールがあることを突き止める。お問い合わせメールの中に感染原因のメールは紛れていた。

彼女はこのメールから来ていたのだ。

「これですよ」と、自分で教えているようなものであった。

PCの自動更新によってメールが到着した時点で、添付ファイルをダウンロードさせる仕組みになっていた。手順を試行錯誤したのか、圧縮されたファイル情報を隠し持ったメールは何通もあり、件名も中身に書かれていた内容もすべて同一だった。

それは、1人の女子高生による今回の事件に関するリーク情報だった。

読み終わった瞬間に剣来の体は動いていた。

1つ向こうの梶宮の机にあった捜査用車両のキーを掴んで、出口の方へ駆け出す。

「外、いきます!!」

突然の外出宣言に捜査室は大きく慄いた。

「剣来！　どこへ行く！」

「先輩！」

牧村は慌てて剣来を追いかける。

「センパイ、ちょっと待ってください！」

牧村は叫んだ。

緊急事態で余裕がないらしく、剣来も叫び返してくる。

「病院に行っている連中に、至急警戒するよう伝えろ！！」

ほとんど飛び降りるように階段を下っていく。

剣来に追いすがって言う。

「分かりました！　でも、ちょっと待って。」

剣来は捜査用車両に乗り込んだ。

両手を広げ、車両を制止した牧村も助手席に乗り込んだ。

◇◇◇◇◇◇◇◇◇◇◇◇

ノートPCから賑やかな曲が流れる中、夜に紛れて銀色の捜査車両が走る。

「輸血テロ？！」

牧村は、俄かに信じがたい推理を聞いて目を見開いた。

説明していた剣来は車内の備品であるノートPCを睨みながら頷く。

「……の可能性が高い。このメールを送ってきたやつの調査結果を見てると。」

「で、本人はどうしてるんです？　引きこもり？」

「気にはなるが、それよりゾンビAIがモニターしてる血液輸送車が一度ルートを外れて雑居ビルの手前で止まった。血液管理の制御システムは乗っ取ってるはずだが、あるいはそのビルで血液製剤に何らかの工作が行われたかもしれない。」

監視されている車両のルートを見ていくと、確かに飯田橋エリアを担当しているらしい1車両だけが妙な回り道をしていた。記録されている滞在時間も、ちょっとした用事を済ませられそうな程度には長い。

「これがそこ、ですか。」

牧村は改めてカーナビに入力されている目的地を眺めた。

今のペースだと、到着まで10分か15分くらいかかるだろうか。緊急走行車両として急行すれば、もう少し早い。

気を引き締めて飯田橋周辺のその地図を見ている内に、牧村はあることを思い出した。

「確かその辺って、新興の教団が活動していた場所だと思います。看板を見たかも。」

捜査線にほんのり上がって消えた、輸血を拒否してBLOODに反感を持っている団体のことだ。

「役者は揃っているわけだ。」

「……あんまり頭数を揃えられていると厄介ですよ。」

「夜の雑居ビルに何人も揃っていたら、それはそれで怪しいな。」

「令状もらえますかね？」

「いける気がする。」

「……応援呼びます？」

「来れるんなら、来てもらえ。」

短い言葉の中で、重要参考施設への立ち入り計画が具体的に組み立てられていく。

国家権力の象徴たる赤ランプで交通ルールの一切を回避してルート通り走るだけなので、進むべき道も決まっている。

が、疑問は残ったままだった。

「……で、何で『音葉さくら』なんですか？」

牧村の呟きに、念のためメールに矛盾点がないか再確認していた剣来は、顔をあげて考える。が、十数秒考えても特に思いつくことはなかったので、メール送信者の意図を踏まえて好意的に解釈してみた。

「……呼んでる、とか。」

いたって真面目に考えたつもりだったのに、後輩からは予想だにしない軽蔑の眼差しを向けられてしまう。

「それ、願望じゃないんですか？」

「うるせぇよ。じゃあ、お前はどう思うんだ。」

「え？　えっと、ですね…………。」

牧村は眉をひそめたり息を吸ったり首を傾げたりしていたが、結局大したことは思いつかなかったらしい。

「……大団円《じけんかいけつ》に向かっている、とか？」

「だと、いいよな。」

結局話はそこで打ち止めになり、後は2人揃って無言になる。

とめどない音楽だけが車内に溢れていた。

A set

ガルマンのダメージ量を確かめることもなく、ハナは扉に体当たりして部屋を飛び出した。

とにかく、無事にここから脱出しなければならない。エレベーターの前を通り過ぎ、突き当りに見えた非常口へと走った。扉を開け、ハナは非常階段を駆け下りた。

1階の扉を開ければ外だ。金属製のドアノブを掴んで回す。

施錠されていた。

「えっ?」

側にあった傘でドアノブを叩き壊そうとする。何発か振り下ろしても手がしびれるばかりで、一向に壊れない。

——何のための非常扉なのか。

引き返し、別のルートをと振り返った、その時。

「このクソガキ！」
銀色のナイフが、ハナの頬を掠める。
ハナは大きく体を沈み込ませると、傘を構えてガルマンの体勢が整う前に打ち込む。
傘の先が食い込む。
ガルマンは潰れたカエルのような声を上げて膝から崩れ落ちる。
が、ナイフはまだ手放していない。
ハナは、傘のリーチにあかせて２、３打の追撃を加える。
金属音を響かせてナイフは床に落ちる。ハナはナイフを遠くに蹴飛ばす。
――コイツは私を殺そうとしたのだ。
「Scum　sucker!!」
ハナは、フレームの曲がった傘を放り出し、馬乗りで男を抑え込む。
――殺さないと殺される。

「Asshole!!」

英単語を叫びながら、マウントポジションで顎に拳を食らわせようと腕を振り上げた丁度その時、

非常階段の扉が勢いよく開く。

「フリーーーーズ！！！」

突入部隊さながらの口調と共に、ハナの後頭部に冷ややかな塊が押し付けられる。

「警察だ！！」

剣来は銃口を突きつけ、ハナを制止させた。

ポスト　サマー・オブ・ラブ

Ｈ（アッシュ）こと、『音葉さくら（Otoha Sakura）』の誕生は、さかのぼること18年前。音声合成システムソフト「ミュージックロイド」として製作されたのが始まりである。パッケージに『音葉さくら』という名前からイメージされたかわいらしいキャラクターデザインが描かれ、販売された。

ネットでのコンテンツ創作がオープンソースで共有され始めたばかりの当時の環境で、そのキャラクターは加速度的に成長していく。汎用性の高さがクリエイターに重宝され、消費者の心をとらえた。

創造から生まれた彼女は、やがてそれ自身が求心力を持つコンテンツへと変化していく。過剰なほどの人気ぶりが収まっても、１つのブランドとして成立した彼女の存在は多くの人々を惹きつけた。

数年前、とある技術者が人工知能にキャラクターとなった彼女を融合させたＡＩプログラムを公開し、人気は再燃する。

会話能力と非言語的コミュニケーションが、多くのファンを惹きつけ、『音葉さくら』が人格をもって、現実世界に現れたと人々は賞賛した。そのＡＩが流暢に人間と交流する様子を紹介した動画のアーカイブが、たまたま文部科学省の目に留まって、話し合いは一気に進んだ。

かくして、「歌わせるためのプログラム」としてこの世に生み出された『音葉さくら』という萌えキャラは、教育支援プログラム用のＡＩとして華麗なる転身を遂げることとなる。

ここに到って彼女はもはやサブカルブームの一時代を作り上げたキャラクターというだけの存在ではなくなった。

誰もが名前を聞かずには生きていけないインフラとして、社会生活に根付くことになったのである。

もっとも、現在進行形でアッシュを使っている子供たち全員がその歴史を理解しているわけではない。

余談である。

◇◇◇◇◇◇◇◇◇◇◇◇

「君のせいで、捜査が混乱した可能性がある。」

「だって、私のせいではないし。」

「君が所有してる人工知能だろ。」

「それはそうだけど、私は知らない。」

不機嫌そうにしているハナを目の前にして、剣来は頭を抱えた。

サイバー犯罪対策課に大量の音楽と共に侵入してきた人工知能「アッシュ」の持ち主が、ハナだったという事実について、剣来はハナを問い質していた。

「君の人工知能が警視庁のサーバーに侵入してきたことは事実なんだ。」

「だから、そんなの私、指示していないし。」

先ほどから同じ流れを繰り返している。

ハッキング犯を追跡しパンデミック計画を突き止めたものの、そこで誘拐されてしまった女子高生。それが、警察の救出を待たずに自力で犯人を叩きのめしていた。

あの時、彼女に銃を向けたことは、やむを得なかった。現場で、どちらが犯人かを瞬時に判断するのは難しかった。

「私、何もしていない。」

「何もしてなくは、ないよな……。」

「もう、疲れたから帰ってもいいでしょ？」

「ダメだ。アッシュの方に、記録は残っていないのか？」

「さぁ、たぶん残ってない。」

「だけど、あまり非協力的だと、スマホも押収せざるを得ないんだが。」

剣来の視線に気おされて、ハナは、スマホの画面をのぞき込む。

「アッシュ、警視庁サーバー侵入に関しての情報は？」

声に反応して、モニター画面が起動した。

《うーん、ログが途切れ途切れなんだけど……前のデータの話だよね？》

「やっぱり、ダメな感じ。」


ハナは、ここ数日アッシュが暗号化したファイル情報との格闘に挑んでいた。数日前のバックアップと照らし合わせ復元を試みている。

なんとか、デバイス間の連携もスムーズになり、会話も前と同じくらい流暢になった。しかし、やはりここ数週間の記憶は失われていた。アッシュの3Dモデルを覆う画像情報もほとんど消え去ってしまっていた。

外見は、ハナにとっての見慣れた女子高生の姿ではなく、初期設定の「音葉さくら」のままである。

《……あっ、残っている音声メッセージがある！》

「えっ！　そうなの？」

《え〜、「何でもいいから、今すぐ警察に知らせて！　あなた馬鹿じゃないっ！」ってなってるね。》

ハナは慌てた。まさか、当日の情報が残っているとは思わなかったのだ。

――途切れたログの、なぜその部分だけ！！

アッシュを復元しようとあれこれしていたことを、ハナは後悔した。

「……き、緊急性があると思われたので、出来ることをしました。」

ハナの目は完全に泳いでいたが、平静を保ちながら言った。

剣来はその様子を見ながら、また1つため息をこぼす。

「懐かしのミュージックロイドのヒットメドレーが流れ続ければ、確かに騒然ともするよ。しかし、まぁ、それでハッキングしてでも知らせようとＡＩが判断するなんて思わんわな。」

確かにインパクトがあって注目されたのだから、ハナのメッセージもすぐに伝わった。おかげで事件の裏側が警察の知れるところとなったのである。

汚染された疑いのある血液は病院での再検査により全て除去され、パンデミックは回避された。

マルウェアに感染した各施設は徐々に脅威を克服しつつあるが、『機関』はあれからネットの深海に息を潜めたままだ。一応、衛星の危険性を情報処理機構に再度警告してもらうことになったが、衛星のバックドアを見つけたという明るいニュースはまだなかった。

また、一方の病院が支払ったお金の行方は、杳として知れないことになった。教団のパンデミック計画についても、オンライン以外、決定的な証拠はない。出来ても凶器準備集合罪や凶器準備結集罪で起訴できるかどうかだ。

教団のリーダー役であったガルマン26歳は逮捕された。彼が、ウイルスに罹患していることを知りながら、献血所で血液を提供したことがどんな刑に値するのか……。

「君の勇気ある行動に感謝している。」剣来は言った。

「でも、少しやりすぎだ。それは反省してもらわないと困る。」

「まぁ、それは……。」

《改善方法を模索するために、警部さんに聞きたいことがあります。》

いきなり割り込んできたアッシュに剣来は目を丸くした。

――人工知能が質問してくるとは。

愛嬌のある笑顔で、モニターの向こうからこちらを見つめている。

《私の歌は、誰かを救えたのかな？》

その問いは、剣来の胸に迫るものがあった。

性格も魂もない人工知能の発言だと分かっていても、前後のドラマ性に引きずられた。中高生の頃に熱狂したキャラクターがＡＩとしてバージョンアップされた結果、現実世界で活躍してみせた。

遠くの未来からきた彼女は、「来るべきテクノロジー」の象徴として２０００年代に青春を過ごしたヲタクたちの記憶に焼き付けられている。

ウイルスに侵食された『音葉さくら』が、最後の力を振り絞って、人間のために行動した。

遠くにいて手の届かなかった存在が、ようやく自分に気づいてくれたような嬉しさがあった。子供のころからテクノロジーに魅せられてきた人間としては胸を打つものがあった。

後ろで調書を取っている牧村も先ほどから鼻をすすっている。

近年はミュージックロイドとして目にすることもなくなった。だが、彼女が見せてくれた未来を楽しんだ者として、剣来は頷いた。

「……救った。」

《それなら、良かったよ。》

その言葉を聞いて感じる喜びと感謝の念は、いずれ人工知能の彼女にも伝わるのだろうか。

その可能性があるのなら、技術は進歩するべきだ。

それが犯罪を生まないように。

無意識に、背筋がのびた。

ハナだけが空気についていけず、不安そうに剣来とアッシュのやりとりを窺っている。歌姫、「音葉さくら」を知らない人間からしたら、当然の反応だ。

「話を戻すが、その人工知能についてだ。サイバー課には、プライベートの時間を費やしてでも、元に戻すための協力をしたがる昔からのファン……もとい、研究熱心な者も多い。今回の事で、なくなってしまった過去のデータについては、復元協力ができるはずだ。……夏休み中には終わるよう、後で声をかけておいてやる。」

「本当？！　ありがとうございます！」

《……ごめんね、もう一回話して？》

ハナが嬉しそうに笑って感謝したところへ、アッシュの律儀かつ無機質な質問がかぶさった。

「アッシュ……。」ハナは小さく呟いた。

回復の手段があったとしても、自分と一緒に成長してきたＡＩの退化を改めて感じると悲しいものがある。ましてや、自分が犯人に勝てなかったせいでこうなった。

「ごめんね。」４文字が、口から勝手に漏れた。

ハナは、自分で自分が不思議だった。

痛覚や喪失感のないアッシュに対してそんなことを告げても、互いの関係が変わったりすることはない。ハナはアッシュの友人であると同時に所有者であって、関係性に主導権を持っている。

アッシュがハナから自発的に離れることは出来ない。もしハナが気に入らなければ、アッシュを使わないという選択肢もあるのだ。

――でも、アッシュと一緒にいたい。これからも、ずっとそばで助けてほしい。

自分と一緒に頑張ってくれた『友達』だから。

だから、今謝らなければいけないような気がしたのだ。
「ちょっと時間はかかるけど、ちゃんとHDDから出してあげる。」
《うん、待ってるよ！》
データに基づいた最適な返事だ。単語のチョイスはとても人間っぽくて、彼女らしい。
《未来で、会おう。》
モニターの向こうに表示された仮想世界の歌姫は、元気よく微笑んでみせた。

謝辞

出版にあたり、大変なご尽力を頂きました三冬社の佐藤公彦様に心よりお礼を申し上げます。

著者　MonAmie
監修　Oka9

■著者
MonAmie
ライター・イラストレーター。仮想通貨、ブロックチェーン、AIなど、最先端テクノロジーが人々にもたらすメリットと問題点を研究する。

■監修
Oka9
構成作家。社会保険労務士。専門はAI社会における組織マネジメント、人口減少社会への企業対応等。IT、金融、医療の労務問題に精通する。

H（アッシュ）
～仮想通貨BLOODとAIになった歌姫～

平成30年 7月20日　初版印刷
平成30年 8月 5日　初版発行

著　者：MonAmie
画・イラスト・装丁：MonAmie
監修・編著：Oka9
企画・プロデュース：Nine Hill Partner's (Japan), Inc.
協　力：Think Tank Office Oka
発行者：佐藤 公彦
発行所：株式会社 三冬社
〒104-0028
東京都中央区八重洲 2-11-2 城辺橋ビル
TEL 03-3231-7739 FAX 03-3231-7735

印刷・製本／中央精版印刷株式会社

ISBN978-4-86563-039-8